N&K

Margrit Schriber

Von Zeit zu Zeit klingelt ein Fisch

ERZÄHLUNGEN

Nagel & Kimche

1 2 3 4 5 05 04 03 02 01

Herstellung: Meike Harms & Hanne Koblischka
Satz: Satz für Satz. Barbara Reischmann
Druck und Bindung: Friedrich Pustet
Printed in Germany
ISBN 3-312-00282-6

Inhalt

Eisrosen

Nur keine Schlüsselblumen an meinem Grab, Pa. Und keine Orgelmusik. Vielleicht holt mich der Teufel. Erspare mir dein Geschnupf! Erspare den Trauernden die Peinlichkeit, dass ein schwergeprüfter Vater am offenen Grab ein gewaltiges Bauerntaschentuch auseinander stäubt und ins Blumenornament trompetet!

Das letzte Geleit sei dir geschenkt.

Bleibe, wo du bist, in der Abgeschiedenheit deiner Gärtnerei. In irgendeinem Winkel deines Paradieses. Leg dich ins Gras und beiße auf einen Halm! Du hast die Zeder ja nicht angesägt. Und den Sturm nicht gerufen.

Er ist taub wie ein Stock. Ich muss in seine Ohren schreien. Er hört nicht einmal das Dröhnen des Schredders. Wenn das Gebläse läuft, sieht er nur das Flirren der himmelwärts sprühenden Schnipsel, die im Bogen auf den wachsenden Kegel niederregnen. Und seine Begeisterung kennt keine Grenzen. Diese Begeisterung ist eine Gabe. So ist Pa. Gesegnet mit Gottesgaben.

Kein Mensch hat den Einsturz der Orangerie bemerkt. Obwohl es weithin zu hören sein müsste, wenn eine Libanonzeder rauschend vom Himmel stürzt und ihr Astwerk auf eine Stahlkuppel kracht, die Verschraubungen sprengt und das Gerippe unter dem Gewicht zu Boden donnert.

Ich höre noch den Regen aus Glas. Ihm folgte ein klingelndes Rieseln. Dann die Stille. Als wäre die Welt ausgelöscht, und nur ich noch da. Erst allmählich beginne ich zu begreifen, was geschehen ist. Die Kuppel ist über mir eingestürzt. Ich liege unter den Trümmern, zerquetscht wie ein Floh. Und mein auf dreiundzwanzig Jährchen geschrumpftes Leben raspelt im Bruchteil von Minuten ab.

Während Pa sich im Dickicht der Bäume aufhält. Vielleicht ist er ganz in der Nähe. Aber dann hätte er die stürzende Zeder bemerkt und wäre herbeigerannt. Seine Zeder, sein Liebling, sein zum Himmel strebendes Abbild!

Also ist es wahrscheinlicher, dass er sich im entferntesten Winkel des Geländes herumtreibt und einen Graspfad durchs Tal der Frösche trampelt, die fettige Hutbeule schief auf dem Hinterkopf, die löchrige Wollweste mit zwei letzten Kupferknöpfen um den Bauch gespannt und die Hosensäcke aufgequollen von Samenkapseln, Schnüren, Taschentuch, Militärmesser und abgewetztem Geldbeutel. Hier Blumen ausstechend, dort sich nach einem Pflanztopf bückend, denn in seiner Anlage stolpert man auf Schritt und Tritt über einen Topf, eine Figur oder eine Antiquität.

Und ich kann mir hier die Seele aus dem Leib schreien.

Vermutlich hat der Mistkerl sich im Schatten der Kübelpalmen mit dem Whiskyflachmann hingefläzt, für ein Nickerchen am Teich ist es zu heiß, die Rosenbögen beim Buchsbaumgarten sind aufgebunden, an den Tempfählen gibt's nichts mehr herumzupinseln, und zum

Gießen der Pflanzbeete ist es noch zu früh. Das Kranzflechten überlässt er ohnehin den Gehilfen.

Die Orangerie steht im abgelegenen Teil des Betriebs. Unter ihrer Kuppe gedeihen Exoten. Und ein Muschelbrunnen plätschert um die Marmorfüße der Venus, der Pa Kränze aus Efeu windet und deren Knie er im Vorübergehen streichelt. Er spricht mit ihr, wenn er mit seinen verkrusteten Wurstfingerchen die Blütenstängel der Orchideen an einen Bambusstecken bindet.

In diesem feuchten, beschlagenen Glashaus habe ich mich immer gern aufgehalten. Der Duft der tropfenden und von seltenen Blüten behangenen Pflanzen erinnert an einen Regenwald. Pa wollte Schmetterlinge ansiedeln, dachte, es wäre schön, zu ihrem Flackern die Orchideen zu wässern, umzutopfen und aufzubinden. Sie würden sich auf die Büsche seiner Augenbrauen setzen und die Flügel falten wie zum Gebet. Aber die Schmetterlinge gingen ein. Später schleppte er ein Orchestrion, Spieldosen und mechanische Kuriositäten an. Er zog alle Federn auf, rannte von einer Drehorgel zur anderen, kurbelte, wechselte Lochbänder, ließ Puppen tanzen, Vögel trillern und Bären hüpfen. Ein Rucken und Zucken, ein Auf und Ab, Pauken, Schalmeien und Klingeln. Ich brachte Schulfreunde in die Orangerie. Und er schoss zwischen den Orgeln umher wie ein Irrwisch. Der verrückteste aller Väter. Mein Gott, war ich stolz. Ich war einer, der die Huld erweist, dem verrücktesten aller Väter beim Wirken zuzusehen.

Wo ist mein Handy? Ich könnte die letzte Stunde vertelefonieren. Sich vorzustellen, dass man sein letztes Wort röchelt, bevor die Easycard verfällt. Du hättest noch Redezeit. Total verrückt. Muss mir aus den Fingern geschlagen worden sein, liegt unter oder über mir in den Trümmern. Nichts wäre leichter als den Handyman aufzuspüren. Wo das Handy ist, bin auch ich, das weiß die Clique. Jasmin könnte anrufen. Oder ein Freund. Wenn sie etwas wollen, rufen sie an, wenn sie einen brauchen, der das Gelage zahlt, dann sind sie am Handy. Doch jetzt, da ich sie brauche, fällt es keinem Arsch ein, mich anzurufen.

Und Pa hat noch nie telefoniert. Da ist keine Verbindung, sagt er und legt auf. Das Gehäuse unseres alten Telefons ist zu wenig antik. Keine Trouvaille. Er benutzt das verbeulte Hörrohr aus Messing vom Antiquitätenmarkt, denn das ist eine Trouvaille. Steckt sich den Trichter in den Haarbusch seines Ohrs, und wir müssen in dieses Horn eines Ochsen schreien. Erscheint mit geschultertem Hörrohr in der Stadt. Fällt auf. Ein Handy hat jeder.

Irgendwann fanden meine Schulfreunde den Irrwisch nur noch komisch. Ein Relikt aus der Zeit der Saurier. Es ist ja wirklich kein Staat zu machen mit einem Menschen, der bei verlassenen Villen vorfährt, wie der Blitz alle Töpfe auf den Anhänger lädt und verschwindet. Oder sich in der Stadt in einer mistbraunen Wolltracht zur Schau stellt und seine vor dem Schmerbauch baumelnde Kette von ein paar Gaunern bewundern lässt, die ihm mit einem Ruck die alten Münzen von der Kette reißen, während er sich hilferufend an Ort und Stelle dreht wie ein versaufendes Insekt.

Ich war froh, aus der Schule zu kommen. Kein Bock auf eine Lehre. Mutter fand, wir hätten in der Gärtnerei Arbeit genug. So bin ich geblieben.

Pflanzen bedeuten mir nichts. Dieses Gewucher regt mich auf. Man kommt an kein Ende. Das Gestrüpp und die Schnecken und das Unkraut und die Erdklumpen an den Schuhen. Die Widerwärtigkeiten sind in der Übermacht. Vater, Mutter, die Gartengehilfen, alle diese Anweiser sind in der Übermacht. Und überall stürzt man über Antiquitäten, Frösche und Töpfe. Da kommt keiner gegen an. Und genau besehen ist Pa nicht einmal komisch. Er ist nur schwierig. Ein alles beherrschender Mensch mit Gottesgaben. Einer wie er kann sich in seinem Sohn nicht fortpflanzen, nur verdünnen, nur seine Gaben in verwässerter Form weitergeben.

Mich interessiert die Technik. Schrauben, Motoren, Geschwindigkeit. Zuerst habe ich das Werk des Orchestrions auseinander genommen, geölt und zusammengesetzt. Dann am Moped geschräubelt, bis es wie ein Geschoss über das Frühbeet wirbelte und gegen die Mauer krachte. Seither bearbeite ich schwere Maschinen. Meine Kumpel und ich fliegen mit den Motorrädern über die Serpentinen, dass die abgehängten Fahrer an einen Spuk glauben. Den Männern in ihren lahmen Polizeikisten fallen die Kinnladen herunter. Natürlich machen die Stunk. Die machen immer Stunk. Nehmen sie dich aufs Korn, heften sie sich an deine Fersen, füllen Bußenzettel aus, halten ihr Ballönchen vor dein Visier und ehe du kapierst, ist der Führerschein weg und der Fall erledigt. Du bist weggeputzt von der Landstraße. Die Gärtnerei hat dich zurück. Und das heißt, an die Schubkarre und los! Da sind Baumsäge, Hanfschnur, Schaufel und Hacke. Dies und das sind die zu vollbringenden Wunder bis zum Sonnenuntergang. Und der mit der Peitsche unter dem grünen Daumen ist der große Zampano.

Sie sind immer im Recht. Immer in der Übermacht. Das ist nicht wegzuputzen. Im Krieg der Sterne bist du Verlierer.

Für eine Weile muss ich gute Miene machen, wenn Pa den Kinderwagen zum Teich schiebt und für die Fische und Frösche seine Drehorgel kurbelt. Oder Andacht für die Blumen hält. Jeden Sonntag. Mit Fladenhut auf der verschnörkelten Steinbank hockend wie eine Porzellanfigur von Hummel.

Aber wer will verhindern, dass ich Flaschen gegen Baumstämme schleudere und die Scherben in die Blumenerde stecke? Sollen sie aufpassen, wo sie hingreifen! Es gefällt mir, die verfaulenden Wegschilder zu Pulver zu stampfen, und ich genieße das Wuchern der Brombeerranken.

Dass es etwas so Rücksichtsloses gibt wie die Zeit. Still und fortdauernd vernichtet sie die Arbeit des großen Zampano. Das ist das Gelbe vom Ei! Danach muss ich immer in die dampfende Orangerie, um vor Pas Venus meinen Prachtkerl aus der Hose zu nesteln, damit ich die Orchideen besamen kann. Als Tüpfelchen vom i wird noch ein Schlenker aufs Auge der Venus platziert. Solange Zampano in der Ferne an einem Vogelbad meißelt und das Gebell seines Schäfers gedämpft durch die Kuppel dringt, gehört die Orangerie mir.

Im Haus sind die Zimmer bis zur Decke mit Antiquitäten gefüllt. Es gibt nicht die kleinste Fläche für ein Bild. Regale quellen über von Büchern und Ostereiern und Nussschalen mit Schnitzaltärchen. Estrich,

Keller, Treppenhaus und Schuppen sind voll gestopft. Und zwischen den Säbeln, Uniformhüten, Gebetskränzen, Aufziehbären, Perlsträußen unter Glasglocken, Fotoalben und alten Postkarten zirkuliert der Schäferhund mit einer Schelle am messingbeschlagenen Halsband. Bei jedem Schritt stolpert man über Kram. Selbst Tische und Stühle sind belegt, man muss die Ware zu Boden stellen, um sich setzen zu können. Ich muss froh sein, wenn ich in meinem Bett neben Pas Hund ein Plätzchen für den Kopf auf dem Kissen finde.

An diesem Ort gehört mir nichts. Nicht eine Bohne.

Außer Mutter gibt es auf dieser ganzen großen Welt keinen Menschen, der jahrelang wortlos eine Madonna oder einen aufziehbaren Affen, der immerzu sein Monokel ans Auge führt, vom Fleischbrett räumt, um Platz zum Schneiden des Sonntagsbratens zu haben.

Kein Mensch begreift Pas Ordnung. Außer ihm kennt sich in dem Wirrwarr kein vernünftiges Wesen aus. Aber er ist ein Taschenspieler, er findet alles. Gottes Liebling. Wahrscheinlich ist auch Gott ein Taschenspieler, der seine Hand in den Wirrwarr des Universums steckt und den großen Zampano aus dem Haufen herauszieht.

In den letzten Jahren habe ich das Tal der Frösche selten betreten. Wozu hätte ich mit Pa allein sein und mich mit ihm über meine zu Schrott gefahrenen Motorräder und mein Leben als Müßiggänger und Verschwender unterhalten sollen? Er anerkennt nur ein Gesetz. Das Gesetz der Zeit.

Klar hältst du dich schadlos. Gleitest im allerheißesten Schlitten in den Hof.

Was ist das?, fragt Pa.

Ein Jaguar, sagt man. Nigelnagelneu mit Sonderfelgen und Rabatt. Er schüttelt sein Hütchen. Versteht ja nie, was sein Sohn ins Hörrohr schreit. Die Frösche, seine Frösche, die kann er angeblich ohne seinen verbeulten Trichter quaken hören. Andere Schallfrequenzen höre er ganz ausgezeichnet. Fledermäuse, das Klingeln der Schlüsselblumen, das Elfengeflüster der Orchideen, es ist zum Lachen. Die Natur benutzt angeblich jene Töne, die an sein Innenohr rühren. Nur seinen Sohn versteht er nicht.

Was ist das?, fragt auch Ma. Ich wedle mit dem Kaufvertrag. Meine Ma begreift. Diese Summe muss überwiesen werden. Drahtzange und Lorbeerblätter für den Totenkranz müssen weggelegt werden. Sie muss die Hände waschen und mit ihrer alten Segelstofftasche zur Bank gehen.

Bäume, Sträucher und Kletterpflanzen schließen sich um die Orangerie. Uneingeweihte können sie kaum finden. Der Natur darf nicht ins Handwerk gepfuscht werden, meint Pa. Er benutzt kein Gift, legt die heruntergefallenen Vogelnester in die Astgabel zurück und lässt die Töpfe überwuchern. Es darf wachsen, sagt er. Es darf in die Höhe schießen und sich in die Breite dehnen. Seine Zeder, meint er, ist die Verankerung des Himmels in der Erde.

Sogar die Gartengehilfen entsetzen sich über diese Unordnung. Und jedes Mal deutet Pa aufs Schild *Der gewöhnliche Mensch braucht Ordnung, nur ein Genie erträgt das Chaos*. Während die Gehilfen den Maler beschimpfen, der hier heimlich seine Farbeimer entsorgt, gerät der Alte außer sich, weil die eingetrockneten Farbreste im Regenwasser aufquellen und der Himmel sich in jedem Eimer in einer anderen Farbe spiegelt. Er beobachtet, wie die schweren Palmblätter hochschnellen unter der Erleichterung eines sich von der Spitze lösenden Tropfens, und dieser in die Farblache platscht, dass der grelle Himmel in Stücke birst. Und ich soll mich neben ihn stellen, mit beobachten, und in Begeisterung ausbrechen.

Jeden Abend machen die Eltern einen Rundgang und sehen sich die Pracht an. Jedes Mal machen sie bei der Libanonzeder Halt. Er erzählt von seinen Erlebnissen und pflückt Ma einen Strauß. Immer, wenn sie die Bronzelöwen am Tor zum Tal der Frösche passieren, lacht er lauthals auf, weil Spinnweben dem Löwen das aufgerissene Maul verschließen. Das Werk der Natur, sagt er. Kein noch so Oberschlauer kann es kopieren.

Er weiß für jede Situation einen Spruch. Pinselt diese Sprüche auf Tafeln. Das Schild *Bank* lehnt an einer Bank. Und wenn man durchs weit verzweigte Anwesen wandert, begegnet man überall seinen Weisheiten und Wegschildern: *Spinnerweg, Zu den Engeln, Vorhof der Hölle, Tal der Frösche.*

Sicher wurde jemand ausgeschickt, um den großen Zampano in der weitläufigen Gärtnerei zu suchen. Der Himmel hat seinen Anker verloren. Die Zeder ist auf die Kuppel der Orangerie gestürzt. Es wurde alles zerdrückt. Da sind nur Trümmer.

Aber einer wie Pa hält ein solches Ereignis für sein gottgegebenes Schicksal. Er wird geprüft. Muss sich in dieser Stunde bewähren. Die Kuriositäten sind ihm geschenkt und genommen. Er schlägt die Augen nieder, brummelt ein wenig, müffelt ein wenig, klöpfelt ein wenig an seine Sünderbrust. Und dann rumpelt er mit der Schubkarre über die weit verzweigten Wege, um Baumrinde zwischen die Koniferen, Säulen und Vogeltränken zu streuen.

An den Sohn denkt er nicht. Der Sohn treibt sich herum. Taucht tagelang nicht auf. Seit einer Woche hat keiner ihn gesehen. Wo wird er sein, der Nichtsnutz, wenn nicht bei Saufkumpanen, den Barhocker zwischen den Beinen, die Nase in der Straußenfedergarnitur am Ausschnitt von Jasmin. Sie könnten schwören, dass ich heute meinen Fuß nicht in die Gärtnerei gesetzt habe.

Aber ich bin da. Erdrückt vom Gewicht der Welt.

Die Zeit ist unerbittlich, Pa. Der Peitschenhieb eines ledernen Sadoweibs. Es grätscht die Beine über mir. Der Tod ist alles andere als grandios. Er macht die allerprimitivste Geste, könnte nicht perverser sein. Als Krönung hockt der aufgezogene Affe auf der Spitze des Trümmerhaufens und führt immerzu das Monokel vors Auge.

Das Leben streut ein paar Blüten, wenn ich durch eine Landschaft presche und die Bäume und Häuser vorüberfliegen. Wenn unter mir die schwere Maschine heult und vibriert. Wenn zehn Kumpane die Stiefel vom Trittbrett auf den Boden stellen, ihre spiegelnden Helme auf den Ledersitz schwingen und mit klirrenden Schnallen und knirschendem Leder in Jasmins Bar einmarschieren. Das Leben verbeugt sich mit Grandezza.

Und der Inbegriff von Größe, meine Ma. Welche

Dame! Die Liebe kommt wie ein Dieb, sagt sie und lächelt. Plötzlich ist die Liebe da. Und verwandelt dich in einen neuen Menschen.

Sie erlernt mit fünfzig das Orgelspiel. Unerbittlich mit sich. Und Pa kauft schnurstracks eine Kirchenorgel, damit sie zu Hause üben kann, damit er sie immer in Rufnähe hat. Aber das Haus ist zu klein, um die großen Pfeifen aufzurichten, so hebt er den Kellerboden aus. Man sieht nur Mas Haarnest, wenn sie in ihrem Graben hockt und zum Takt ihres wilden Orgelns den Kopf bewegt. Und ich setze mich an den Orgelgraben, lasse die Beine über den Rand baumeln und höre zu. Was willst du, Bub?, fragt sie über die Schulter. Und nach dem Umblättern des Notenblatts sagt sie, dein Vater und ich, wir sind nicht immer da. Das macht mir Sorgen. Deine Zukunft, Bub!

Natürlich weiß ich, was ich will. In meinem Motorboot über den See zischen. Ich klopfe gegen das Papier in der Tasche meiner Lederjacke. Hier ist dieses Boot, ein Glücksfall sein Preis. Es wird heute Nachmittag mit einem Schwertransport in die Gärtnerei geliefert.

Der Orgelpfeifenton verhallt. Beim Ausklingen des Halleluja bin ich fort. Der Nichtsnutz ist auf der Suche nach einem Bootsplatz.

Ich muss über die Dummheit der so genannten wohlwollenden Freunde des Hauses lachen, die meinen Eltern zur Entmündigung raten. Sobald der Junge seine Unterschrift auf eine Kaufakte setzt. Der Alte stellt die eine Ohrenklappe auswärts, um besser zu hören. Etwas bescheuert, der Junge, sagen sie. Nachweislich stockbesoffen. Der Kauf ist null und nichtig. Der Kumpan hat ihn über den Tisch gezogen. Schöne Freunde hat er! Eltern müssen sich absichern. Kinder sollen auf ihren eigenen Beinen stehen. Übernehmen Sie keine Haftung für die Schulden des Sohns!

Diese Wohlmeinenden kennen Pa nicht. Er haftet für seine Sippe. Er würde sich schämen, nicht für die Seinen zu haften. Dieser Sohn ist sein Los. Und er muss es tragen. Ohne Murren. Das ist sein Pakt mit einem Höheren, der ihm den Sohn, die Zeder, die Schlüsselblumen, Frösche und den Schäfer anvertraut hat. Jener gibt und nimmt. Segnet und straft. Pa senkt die Ohrenklappe, um nichts mehr zu hören.

Als ich an diesem Tag andonnere, sehe ich schon im Einbiegen, dass er vor dem Schiffsrumpf lungert, einen Fuß auf die Grabschaufel gestellt, die ausgewuchteten Hummelhosen gestrichen voll. Er neigt den Kopf vornüber. Die stachelige Braue weht im Wind wie ein Dornbusch und ein Speichelfaden hängt aus seinem Mund.

Was ist, Pa?

Von dieser Scheinheiligkeit wird ihm übel. Nenn mich nicht Pa!, schnauzt er. Ich bin dein Vater. Dieses Ding hier verschwindet! Er schlägt mit der Schaufel krachend gegen die cremeweiße Bordwand mit dem Schriftzug *Jasmin.* Mit seinen Wurstfingerchen knöpfelt er sein schweres Portemonnaie auf und wirft mir ein Frankenstück vor die Stiefel. Und dann verschwindet er in der Dunkelheit seines Paradieses.

Was bin ich? Ein Hergewehter? Dreck unter dem Fingernagel?

Seine Gnade macht mich wütend. Ich hole die Kettensäge aus der Werkstatt und stapfe zur Zeder. Ich weiß, dass er dem Aufheulen der Säge keine Beachtung schenkt. Wie sollte er! Die Scheu des Alten vor allen Geschöpfen hindert ihn, einen gesunden Baum zu fällen oder ein Insekt zu zertreten. Sein Gesetz gilt auch für seine Gartengehilfen. Gilt auch für mich. Vermutlich denkt er, dass ein Motorrad heult. Und dass Eichhörnchen im Astwerk der Zeder herumrennen. Sie schütteln die Äste des Himmelsankers.

Ein sauberer Sägeschnitt bis ins Mark der Zeder. Den Rest besorgt der nächste Sturm.

Warum bin ich da? Hineingeplatzt in sein Paradies? Man überlegt dies und jenes. Dass der Hummel jeden Abend seine faltige Hose am Edelweißträger an den Messinghaken hängt, herumnestelt an seinen langen Frottee-Unterhosen, dann mit aufgeknöpftem und herabhängendem Latz sich auf seine Frau wälzt und dass seine Schwielenhände mit dem eingeätzten Dreck ihr Madonnengesicht streicheln. Bei jedem Stoß rieseln Zedernnadeln aus seinem schweißnassen Haar. Und das geht immer so weiter. Alle ekligen Dinge gehen weiter. Und man fragt sich, ob es überhaupt so viele Nadeln an einer Libanonzeder gibt, wie im Lauf eines Lebens herabrieseln auf ein Madonnengesicht.

Und dann denke ich an Jasmin. Was empfindet sie, wenn ich Champagnertropfen von meiner Fingerkuppe auf ihre Brusthügel fallen lasse. Ihre Haut nur mit einem kühlen nassen Hauch berühre. Tief unter dem Wuseln ihres Straußenbesatzes, meine ich, was empfindet da eine Frau. Oder wenn ich leichthin zu ihr sage, nimm den Jaguar, Jasmin, er gehört dir! Da sind die Schlüssel, noch einen Whisky.

Das ist Großzügigkeit, Pa. Das ist eine noble Geste. Zehn Kumpane sind fast vom Hocker gefallen, ihr Maul weit offen, und ich bin einfach am Tresen gehangen mit meinen klirrenden Eiswürfeln im Glas und habe vor mich hingeschaut. Das hat sie umgehauen, abgebrüht und mit allen Wassern gewaschen, wie die sind.

Pa hat die Luft angehalten, als wäre ich ein grünes Männchen von einem anderen Stern. Er hat eine Weile auf die monsterhaften Blähungen des Teichs gestiert. Aber dann hat er gelacht. Immerzu den Beulenhut auf seinen Schenkel geschlagen und sich halb tot gelacht. Der Verschwender Eins A fährt wenigstens den Jaguar nun nicht zu Schrott. Das Jüngelchen ist seinen Untersatz los. Geht wieder auf Schusters Rappen. Einige Zeit sind keine Bußen zu bezahlen.

Und Ma hat drauflos georgelt. Sie muss eine Weile keine Angst haben, den Bub in einem Leichenschauhaus identifizieren zu müssen.

Ein kurzes wüstes Leben.

Jeder tut, was er am besten kann, sagt Ma. Gebe Gott, dass du größere Talente hast, als deinen Vater zu verletzen und sauer Erspartes mit beiden Händen aus dem Fenster zu werfen.

Ma ist tot. Ihr Herz. Ich vergesse das immer.

Man fand sie in ihrem Orgelgraben. Sie hat Bach gespielt. Mitten im Konzert ist ihr der Kopf auf die Schulter gefallen. Pa hat sie auf den Armen ins Bett getragen und mit Schlüsselblumen umgeben. Mit seinen zitternden hölzernen Händchen so sorgfältig die Blumen ums Madonnengesicht gestupst, als könnten die samtenen Blütentrichter ihr wehtun. Und ihr klein geschrumpftes

Gesicht sah am Ende aus wie der Grund einer Schlüsselblume. Und der himmeltraurige Hummel stand zusammengekrümmt am Sarg. Er wollte nur noch sterben.

Was tun eigentlich die Gärtnergehilfen?

Sie werden bestellte Kränze für fremde Leichen winden, plappern, riesige Schlaufen in die Drahtspirale drehen, Schokoladeriegel brechen, Nelken in ein herzförmiges Kissen stecken und mampfen. Dass da einer Hilfe braucht in dreihundert Metern Luftlinie, kein Gedanke. Ein tragischer Unfall, werden sie morgen sagen und in ihre Mützen schauen. Der Sohn vom Chef von der eigenen Zeder erschlagen. Ausgerechnet von seinem am meisten gehätschelten Baum.

Ohne Ma kein Honig und kein Paradies. Die Tage seither sind ein Nebeltraum. Ich liege an der Kette, ärger als ein Hund, und schleife diese Kette über die Gartenwege. Mag keine Wasserdüsen über die Pflanzbeete schwenken, mag nicht harken, nicht eintopfen, nicht Kränze winden. Ich liege unter dem Gewicht des leeren uferlosen Himmels und betrachte das Quellen von Harz aus der Zedernwunde. Oder hacke einem Baumstrunk mein Sackmesser in die Ringe, mit denen die Jahre sich im Holz eingetragen haben. Oder fege mit einer Weinflasche die Blumentöpfe vom Pflanztisch, lasse die Orgeln laufen und trinke auf die Sprüche des großen Zampano.

Einmal stand Pa in den Scherben seiner Pflanztöpfe. Er sagte kein Wort. Angeblich hören ihm seit Jahren nur Frösche zu. Die Glutpunkte seiner Augen unter den struppigen Brauen brachten mich zum Lachen. Ich habe der Flasche einen Tritt versetzt und sie ist vor seinen Hummelschuh gerollt. Mit einem Sprung stürzte sich der Schäfer auf mich. Und der Mistkerl pfiff ihn nicht zurück. Auf dem Schuh hat er sich gedreht und ist aus der Orangerie gestapft. Der Schäfer hinterher.

Ich schlief mit einem Hammer unter dem Kissen.

Am nächsten Tag vom Schäfer keine Spur. Seinen Namen rufend ist Pa durchs Dickicht des Walds zum Tal der Frösche geirrt. Fand den Schäfer in der Orangerie, mit eingeschlagenem Schädel. Du?, fragte er mich. Wimmernd sank er auf die Knie. Er nahm seinen Hut ab, um sein fettiges Schweißband anzuschauen, als stehe da die Antwort auf all seine Fragen. Und dann hat er seinen toten Hund auf den Armen zum Teich getragen und bei der Steinbank begraben. Er hat endlos ins Wasser gestarrt. Der große gebrochene Zampano.

Wenn man das Handy einmal wirklich braucht, hat man es nicht zur Hand. Jasmin könnte in einer Stunde hier sein. Mitsamt der Clique von ihrer Bar. Den Handyman hat's erwischt. Helm auf! Zehn Motorräder preschen los und kurven durchs Tal der Frösche, im Karacho über Scherben und Topforchideen und auf den Trümmerhaufen hinauf. Sie wühlen sich durch den Schutt. Und schon grabschen sie nach dem Handyman und richten ihn auf. Da stehen die zehn und grinsen. Zu früh für die Hölle! Und ein Schampuskorken fliegt in die Luft.

Jüngelchen, der Tag gehört dir. Ein jeder zu kurz zum Warten auf nichts. Zu kostbar, um ihn totzuschlagen wie einen Hund.

Ein großer Redner, der Zampano. Die Hutbeule auf den Hinterkopf drückend marschiert er auf dem Spinnerweg ins Tal der Frösche, und der Bastschnurstrang an seinem Ledergurt haspelt hinterher.

Wie habe ich das ausgehalten? Seine Sprüche auf Schritt und Tritt. Seine Sammelwut. Sein Chaos. Die Efeukränze für die Venus, das Drehorgeln für Frosch, Fisch, Hund und alles, was kriecht und fliegt. Es schnürt einem die Kehle zu und zieht den Boden unter den Füßen weg. Pa ist wie die Taube eines Zauberers. Flattert aus Hüten und Taschen. Tauben, wo man hingreift, hinschaut. Nicht auszurotten, nicht zu ertränken im Alkohol.

Was könnte man einem solchen Menschen entgegnen! Uns trennen Welten. Er dort. Ich hier. Es herrscht nicht einmal Krieg. Denn wo keine Verbindung ist, gibt es keinen Krieg.

Das Orchestrion hat seinen Atem ausgehaucht. Aber Pa hat alles in allem Glück. Meine Vorhaben bleiben unausgeführt. Mit dem Jaguar durch sein Paradies kurven. Oder mit dem Boot über den Weiher flitzen, wenn er konzertiert. Hinter mir ein glitzernder Wasserschweif, der auf Seerosenblätter und blasenwerfende Frösche regnet. Und dann breche ich durchs Schilf und krache gegen das Ufer, dass es den Orgeldreher mitsamt seinem Kinderwagen in die Kiesgrube katapultiert. Danach folgt eine wunderbare Stille. Eine kupferfarbene Dämmerung ohne einen Mucks vom großen Zampano und eine sternbesetzte lange Nacht.

Er muss die Wunde der Libanonzeder bemerkt haben. Die knotige Tränenschnur aus Harz. Er hätte die Zeder verbinden und stützen können. Aber er hat nichts unternommen. Nichts. Einen angesägten Baum behält man im Auge. Den lässt man nicht auf den Sohn fallen. Seinen eigenen Sohn.

Der Sturm kam unerwartet. Zwischen zwei Schlucken. Ich hatte die Flasche am Mund, als es dunkel wurde und die Musik des Orchestrions im Klirren von Glas erstarb.

Lasst mich im Jaguar begraben. Schlingt mir einen Kranz aus den Federwischen am Ausschnitt von Jasmin. Und bitte nur Blumen, die nie verblühen! Eisrosen. Und die Lederpeitsche von Madame Tod.

Ob jemand mich vermisst?

Ein geplatzter Kaufvertrag schafft keine Freunde. Das verfluchte Boot, sagt mein Kumpan, er wird es einfach nicht los. Ich sei ein Kerl zum Ausspeien. Man ist zu großherzig, sagt er. Was hat deine Alte gewinselt und mit ihrem Putzfrauenhaarnest auf meine Schwachstelle gedrückt! Zehn Motorräder mussten am Hafen wenden, weil kein Boot zu ihrem Empfang im Wasser lag.

Jasmin hat keine Zeit, nie Zeit, muss den Jaguar kennen lernen, grabsch mit deiner schwieligen Gärtnerpfote nicht nach meinen Federn!

Der Schäfer würde mich aufspüren. Mit der Messingglocke leitete er Pa zu seinem verunglückten Sohn. Aber der Schäfer liegt im Tal der Frösche. Und sein Herr ist taub.

Pa käme. Darauf könnte ich einen Eid leisten. Was immer vorgefallen ist. Was immer ihn gebrochen hat. Auf ihn ist Verlass.

Der Zusammenklang aller paukenden und schalmeienden Orgeln fällt mir ein, der rasende Irrwisch und wie glücklich ich war. Und auch er war in diesem Augenblick wohl der glücklichste aller Väter. Der Klangorkan schlug über uns zusammen. Die schwüle Orangerie mit ihrer beschlagenen Kuppe und ihren polkenden, wackelnden Kuriositäten war kein Ort dieser Welt. Und wir beide, mein Vater und ich, waren keine Sterbliche dieser Welt. Zwei Zusammengeschweißte in einem klingenden, tropfenden Regenwald. Dem Einschluss in einem Harztropfen ähnlich, der sich in Jahrmillionen nicht verändert. Ein für die Ewigkeit aufgehobener Augenblick.

War das ein Scheppern von Glas?

Die Kumpane kommen. Natürlich lassen sie den Handyman nicht hängen. Sind gleich losgeprescht. Jasmin im Jaguar voran.

Alles wird gut. Ich bin sehr sanft. Man wird mich auf eine Trage betten, ich versinke in duftenden Kissen, eine duftende Krankenschwester mit Fiebermesser im steifen Schürzenlatz klappert über das kerngeseifte Linoleum des Krankenhauses. Und ich werde mehrmals gewendet, gehätschelt, gefüttert und mit Blumen überhäuft.

Es wird hell. Ja, das Gewicht der Trümmer wird mir abgenommen. Ich vernehme ein Krachen, Scheppern und Klirren. Jemand arbeitet sich mit ungeheurer Kraft durch den Schutt. Lag die Venus aus Marmor auf mir? Man nimmt sie mir ab. Alle Gewichte nimmt man mir ab. Pas Venus wird geopfert, damit ich freikomme. Der Erdboden erzittert unter dem Aufprall der Marmorfigur. Jetzt ist der Zugang zu meinem Schuttgewölbe frei. Ich kann mich bewegen, strecke die Hand aus dem

Loch, spüre, dass jemand sie ergreift. Ich schluchze wie ein kleines Kind. Ich werde hinaufgezogen. Und auf Armen getragen wie Ma, wie der Schäfer. Der große Zampano schreitet mit mir durchs Tal der Frösche.

Von Zeit zu Zeit klingelt ein Fisch

Merde! Wie finden Fremde nur diese Siedlung. Madame Roger scheucht ihren Mops von den Knien, schwingt die Lehne des Liegestuhls hoch und rutscht vom Polster, weil wieder jemand ein Haus besichtigen will. Dann wackelt sie auf Säbelbeinen aus ihrem mit Ziegeln begrenzten Quadratgarten. Die Kängurutasche ihrer Blumenschürze ist von Schlüsseln ausgewuchtet.

Madame Roger ist etwas wie die Concierge des abgelegenen Fleckens, die letzte Einheimische. Es gibt ein paar herrschaftliche Güter, der Weiler ist von Weinhängen umgeben, die Dordogne spiegelt das berühmte Farbspiel des Sonnenuntergangs und zweimal am Tag hält ein Zug, aber die Gebäude sind verkommen und ihre Parks verwildert. Die Jungen wollen sich hier nicht vergraben lassen und ihr Erspartes nicht in ein Fass ohne Boden stecken. Und so erscheint das herrschaftliche Gut der Alten auf dem Fotoaushang der Immobilienagenturen der Region, wird von Zeit zu Zeit mit tieferem Preis versehen, bis das verblasste Bild irgendwann den Blick eines nach Einsamkeit Hungernden auf sich zieht. Die Agentur schickt den Interessenten zu Madame Roger. Sie öffnet ein Haus. Voilà! Dann kehrt sie kopfschüttelnd zum Liegestuhl zurück und zerrt den Mops an den Vorderbeinen auf ihre Schenkel.

Wir sind die ersten Ausländer, die hier kaufen. Die resolute Madame Roger dirigiert die Möbelträger zu unserem Haus, wimmelt Besucher ab, die sich nicht ausweisen, und nennt Handwerker, die zu bevorzugen oder zu meiden sind. Nachdem wir uns eingerichtet haben, macht sie eine Hausbegehung, um die Anordnung der Möbel, die Wahl der Tapeten, Teppiche und Stoffe zu besichtigen und sich ein Bild über unseren Geschmack zu machen.

Na, sagt sie und wiegt den Kopf. Sie will uns mit ihrem Urteil nicht nahe treten. Den einen fehlt das Geld, den anderen fehlen Name und Noblesse. Eh bien!

Aber wir dürfen ihr die Schlüssel überlassen. Sie vertraue uns. Von nun an kümmert sie sich um die Liegenschaft. Und sie akzeptiere, sagt sie freundlich, unsere pünktlichen Checks.

Wenn wir erschöpft und ausgebrannt sind, weil jede Stunde des Tags etwas Neues über uns hereinbricht, das es zu bewältigen gilt, ziehen wir für einige Wochen ins Bordelais. Mit Scheren und Hacken und Sägen werfen wir uns auf die Wildnis. Wir fetzen Tapeten von den Wänden, gipsen, streichen, verlegen Teppiche und Fliesen. Es stiebt und klopft und rattert und kracht.

Die Ruinen werden eine um die andere von Ausländern gekauft. Auch dort fliegen Späne. Dies war einmal ein Paradies, behauptet Madame Roger. Heute sei sie umgeben von Fremden, ausgeliefert an die unbegreifliche Geschäftigkeit dieser Fremden. Wofür strafe sie Gott?

Doch die Siedlung wird wieder vom Milchauto bedient. Fliegende Handwerker möchten Sicherheitsanlagen einbauen und die Fassaden stilgerecht reinigen.

Diese Ausländer machen alles selbst, erklärt Madame und hebt bedauernd die Hände zum Himmel.

Mais c'est comme ça!

Sie schlagen Öffnungen in die Mauern, stauen den Bach und sind über das Spiel der Bisamratten entzückt, deren Höhlengänge die Ufer zum Einsturz bringen. Sie kennen den Winter nicht, unsere Stürme und das Anschwellen des Bachs. Die Behörde im Hôtel de Ville schläft oder sitzt starr vor ihrem Schuldenberg. Und die Immobilienagenten denken nur ans Geschäft.

Madame Roger könnte alles verkraften. Nur nicht, dass der geistig behinderte Sohn der Belgier in der Mittagsruhe singend und plappernd mit einer Tasche voll scheppernder Flaschen an ihrem offenen Fenster vorbeischlendert, um das Leergut im Städtchen laut jauchzend mit solcher Wucht in den Sammelcontainer zu schmettern, dass man das Splittern von Glas bis zum Mühlebach hören kann. Sie sehe sich gezwungen, ihre Hermes-Baby vom Schrank herunterzuholen und die Behörde aufzuklären. Sind die Einreisepapiere des Behinderten nicht abgelaufen? Er stört schon so lange hier. Oder gilt für Ausländer jetzt ein neues Gesetz?

Die Papiere sind abgelaufen. Die Polizei erscheint. Einige Wochen singt, plappert und scheppert in der Mittagszeit niemand mit Flaschen vorbei. Und da die Gebäude jetzt renoviert und die Parks ausgelichtet sind, breitet sich Ruhe über unseren Weiler. Wir hören nur das Summen der Bienen in den Linden und das Rauschen der Vögel, die aus den Wipfeln stürzen, um in einem Bogen übers Feld fortzuziehen. Wir genießen die Kühle unserer Steinmauern in der Mittagsglut. Irgendwo kräht ein Hahn seine melancholische Melodie, ein Hund bellt und wir heben träge den Kopf zur blendenden Ritze des Fensterladens.

Wir sollten für immer hier leben. Von nichts in Bewegung gesetzt. Unser Gesicht wird einen Ausdruck unendlichen Friedens oder unendlicher Langeweile annehmen. Wir werden mit der Schuhspitze die Verschlingungen des Kachelmusters nachzeichnen, das seine Schlaufen unendlich wiederholt. Im Bistro von Pierre stellen wir einen Fuß auf die Barleiste, lesen unsere Zeitung, starren zu Claudines Laden hinüber und seufzen hin und wieder auf. Aber alles in allem wären wir zufrieden, weil nichts unsere Ruhe stört. Wir bedauern die Geschäftemacher, die in der Region von Montpeyroux ihr Glück versuchen. Wir bedauern alle, die auf Pierres Wettscheinen irgendwelche Pferdenamen ankreuzen.

Wo ist unsere Hacke, wo ist unser Rechen, fragt mein Mann. Warum ist der Benzinkanister für den Rasenmäher leer? Und sind das nicht unsere seltenen feuerfarben geflammten Tulpen, die dort in Madame Rogers Garten blühen?

Wir beschließen, die Dame zur Rede zu stellen. Mein Mann und ich brechen zur Nachbarin auf. Sind die Tulpen nicht schön?, fragt Madame, die uns kommen sieht und lachend die Arme in die Hüften stemmt, so sehr freut sie sich über die Blumenpracht. Beim Anblick der verblassten Plastikklammern an ihrem Wäschedraht und dem zerschlissenen Armsessel vor dem Farbfernseher verlässt uns der Mut, nach dem Verbleib unserer Dinge zu fragen.

Madame Roger wackelt zum Sekretär, schenkt zwei Trichtergläschen Eierlikör ein und überreicht uns die abgefangene Post. Auf dem Weg ins Dorf sei sie dem Boten begegnet und habe sich alle Briefe für den Weiler aushändigen lassen. Es gab keinen Einschreibebrief. Sie habe nichts unterschreiben müssen. Das Unwichtige habe sie aussortiert. Sie tue das gern für uns. Wir seien eine Familie. Wir seien aufeinander angewiesen. A votre santé!

Wir werden über die neuen Nachbarn aufgeklärt. In der umgebauten Scheune wohnen ein Maler und ein Komponist. Ein Liebespaar. Ausländer eben. Man höre hier jetzt Arien. Sie seien unendlich zufrieden hier. Madame kenne keine anderen Landstriche und liebe nur die Arie an den Mond von ihrem Mops. Aber sie verstehe, dass man gern hier wohne. Ein Ort, von Engeln inspiriert, wie der Komponist es so schön ausdrücke, wie der Maler es dann so anschaulich nachzuzeichnen wisse, mit winzigen Fingergesten vor seinem Gesicht, die Meinung des Freunds unterstreichend. Madame Roger werde hin- und hergerissen zwischen dem Lob des einen und der winzigen Fingerzeichnung des andern. Sie beobachte, sagt Madame. Eine tiefe Freundschaft verbinde die zwei. Ein nettes Paar, obwohl es keine Franzosen seien.

Und Engländer haben die Mühle gekauft. Der Mann studiere das Werk der Dichter Montaigne und La Boétie, die in dieser Region gelebt hätten. Wenn wir die Zweige unserer Bäume zur Seite schieben, können wir am Mühleteich seine Drillingsfischerruten sehen. Dort liegt der Mann nun von morgens bis abends zwischen seinen Stalinorgeln und liest. Und wenn ein Fisch am Haken hängt, ertönt ein automatisches Signal. Seine Frau pflegt gepresste Blumen zwischen die Buchseiten zu legen, damit ihr Mann beim Studium seiner Dichter auch einmal auf ein Lebenszeichen von ihr stößt. Und von Zeit zu Zeit klingelt ein Fisch. Dann legt der Engländer das Buch aus der Hand, nimmt den Fisch vom Haken, wirft ihn in den Eimer und legt sich mit dem Buch wieder hin.

Alles Verrückte, sagt Madame Roger.

Wie immer steht abends die Küchentür der Belgier weit offen, ein Satellitenprogramm läuft und auf der Schwelle hockt mit offener Hose der Behinderte und streichelt sein Glied.

Babylon herrscht. Sodom und Gomorra.

Madame rückt am Sammelplatz schimpfend die Abfalleimer der Ausländer in eine ordentliche Reihe.

Im letzten Haus des Weilers leben jetzt Holländer. Nach Madame Rogers Meinung sind das die unangenehmsten Bewohner hier. Überall Dreck. Immer Streit. Derweil jagen die Kinder den Mops, um nach seiner Zunge zu fassen, die dem Gehetzten wie ein welkes Herzblatt über die Unterzähne hängt.

Haben sie dieses Scheppern gehört? Gerade eben? Mon Dieu, sie werfen jetzt mit Geschirr.

Madame Roger verpasst die Abendschau. Und als sie mit dem Mops unter dem Arm beim Haus der Holländer ankommt, begreift sie, dass dieses Gekreisch nur Gelächter ist. Der Streit hat in einer Versöhnung geendet.

Sie deckt die Hermes-Baby ab. Alles hat Grenzen.

Wir erwachen von dem Klappern der Schreibmaschine, wandeln im Nachthemd zum Hexenhaus, legen die Hände aufs Fensterbrett und betrachten das hilflose Getippe unserer Nachbarin. In der Einschnürung von Schulter und Hals glänzt ein Goldkettchen auf, wenn sie das Kinn beim Aufrollen des Papierblatts über die Walze streckt. Die Schürze spannt sich über ihre geöffneten Knie. Sie hat die Pantoffeln um die Stuhlbeine gehakt und an den Pompons sträubt sich der Flaum.

Wir brechen in Lachen aus.

Merde!, kreischt Madame und schlägt das Fenster zu.

In diesem milden, feuchten Klima wachsen unsere Pflanzen. Innerhalb weniger Wochen verwandelt unser Garten sich in einen Dschungel. Das Weinlaub rankt über die Fensterläden, die Traufe und die Ziegel des Dachs. Die Ausländer fragen Madame Roger um Rat. Und die leiht den Engländern, Holländern, Belgiern und den Deutschen die ausziehbare Dreifachaluleiter aus der Schweiz, unsere Motorsäge samt unserem Benzinkanister.

Sie helfe gern, sagt sie. So seien die Einheimischen in dem Landstrich hier. Allesamt gute Teufel wie sie.

Zum Dank für die Hilfe sitzen die Nachbarn nach getaner Arbeit im Freien zusammen am gedeckten Tisch. Die Fische des Mühlebachs brutzeln auf dem Grill und Wein fließt aus Karaffen. Die Ausländer schlagen einander die Hand auf die Schulter, reden von zukünftigen Sommern und von zu vielen in anderen Landstrichen verschwendeten Jahren. Einer zieht vor Madame Roger eine nicht vorhandene Troubadourenkappe zu Boden, fasst sie um die Hüfte. Und sie tanzen den Valse Musette.

Der Komponist bringt uns mit seinen Erzählungen aus der Welt der Bühne zum Lachen. Er versteht es, mit Modulation der Stimme und seiner Mimik Pointen richtig zu setzen. Sein malender Freund unterstützt ihn mit winzigen Gesten. Man betrachtet die aufeinander gelegten Kuppen von Daumen und Zeigefinger. Und meint für einen kurzen und lichten Augenblick all die unbegreiflichen Gesetzmäßigkeiten, die Haken und Finten des Lebens zu verstehen.

Die Engländerin schwenkt den Rubinwein im erhobenen Glas.

Noch immer flattert mein Herz beim Gedanken an einen Mann, sagt sie. Aber es flattert auf der Rückseite des Monds.

Niemand hört zu. Sie stellt sich auf den Stuhl und dekliniert noch einmal ihren Satz. Wir müssen an ihre zwischen den Dichterworten gepressten Blumen denken. Jeder hat seinen Traum. Wie ein Irrlicht schwebt dieser vor uns her. Aber ein Abend wie heute lässt vergessen, dass man den Traum niemals fassen wird und wir wie orientierungslose Wale an diesem Ort gestrandet sind.

Als die ersten warmen Regentropfen den ausgetrockneten Boden benetzen, wirft die Engländerin den Kopf in den Nacken und entblößt ihren Hals. Sie tanzt auf Zehenspitzen durch den Regen. Ein durchsichtiges Hemdchen klebt an ihrem Körper. Der Schwachsinnige bekommt glänzende Augen, steigt über Bank und Tisch und Gartengrill, als hänge er an den Schnüren der Tanzenden. Er tappt nach dem Hemdchen wie nach einem Schmetterling.

Im plötzlich einsetzenden Geprassel des Regens erlöschen unsere Kerzen. Zerfetzt hängen die Lampions an ihren Girlanden. Wir raffen die Reste der Mahlzeit in Tischdecken und flüchten zur Mühle, um dort auf goldenen Stühlen die Arien des Komponisten zu singen. Die zersplitterten Lüsterlichter wiegen sich im Mühleteich. Er erscheint uns so nah und so breit wie niemals zuvor. Man glaubt, am Meer zu sein.

Jemand entdeckt in den Rosen des chinesischen Teppichs eine Pfütze, Madame Roger schimpft mit dem Mops, weil er sich unter dem Tischtuch verkrochen hat. Doch der Musiker zieht ihren Arm unter der Klöppelspitze hervor und schwingt ihn im Takt seiner Komposition.

Jemand öffnet das neue Panoramafenster und bricht in Gelächter aus. Der Regen hat die Drillingsfischerruten auf die Terrasse gespült, jetzt sind die Stalinorgeln auf uns gerichtet. Madame Roger entreißt dem Komponisten ihren Arm. Sie wird plötzlich ernst. Da wankt kreidebleich die Hausfrau in den Salon und deutet mit einem triefenden Schuh zur Küche, als sei ihr dort ein Geist begegnet. Unser ausgelassener, fröhlicher, furchtloser Chor wallt singend zur Küche. Ein mooriger Brei sickert durch eine Ritze und umschließt unsere Füße. Kläglich versagen unsere Singstimmen. Es ist für Lieder zu spät. Der Mühlebach ist zum reißenden Fluss geworden, der unsere Plastiksessel, Sonnenuhren, Keramikübertöpfe und vielleicht auch die Bisamratten aus unseren Gärten schwemmt.

Eh, voilà!, sagt rechthaberisch Madame Roger, auf Fußspitzen wippend und den Mops im Arm.

Wir reichen einander Bücher und Kissen zum Dichten der Ritzen. Die Künstler schaffen Hacke, Axt und Schaufel herbei. Ein Tumult bricht aus, weil mein Mann an den Holzschäften sein Brandzeichen erkennt. Er verlangt das Geschenk von Madame Roger an die Künstler zurück. Mit Stößen gegen die Brust wirft er den Maler zu Boden. Der Komponist versetzt meinem Mann einen Hieb, dass dieser wie ein Brett ins Wasser kippt, setzt sich ihm rittlings auf seine Brust und zieht den nach Luft Schnappenden am Kragen in die Höhe, um ihm die Faust noch einmal ins Gesicht zu rammen.

Da brechen mit ohrenbetäubendem Lärm die Stalinorgeln durchs Panoramafenster, schleudern die goldenen Stühle gegen die himmelblaue Seidentapisserie und schwemmen die Trümmer des Salon bleu auf die Terrasse hinaus. Es ist, als wäre im Salon ein Kriegsschiff auseinander geborsten.

C'est comme ça! Madame Roger zuckt mit den Schultern, weil niemand auf sie hört. Nie jemand auf sie hören wollte. Sie fischt gelassen ein paar Porzellantassen aus dem Wasser, steckt sie in die Kängurutasche und wackelt nach Hause.

Die Engländerin kauert im Schmetterlingshemdchen auf ihrer Anrichte. Und Tränen quellen durch ihre Finger. Während der Behinderte sich durchs Wasser arbeitet und nach Flaschenleergut sucht, das er im Container jauchzend zerschmettern könnte.

Wir werfen uns Werkzeug zu und schlagen schreiend eine Bresche ins aufgestaute Treibholz. Als das Wasser abzufließen beginnt, fallen wir wie Sandsäcke ans Ufer des Mühlebachs, viel zu erschöpft, als dass wir bemerkten, dass es aufgehört hat zu regnen. Wir sind von Kopf bis Fuß mit Schlamm bedeckt. Keiner weiß, wer der andere ist und welchem Land er angehört. Es ist weit nach Mitternacht, als das Tippen der Hermes-Baby einsetzt. Einer der schlammigen Sandsäcke räuspert sich. Und dann brechen alle in Lachen aus.

Der gefrorene Teich

Wenn meine Leute mich so sähen im Schein meiner Kerze, am Ufer auf Knien, redend mit einem Fisch.

Alfredo Pereira ist verrückt!

Es ist die Fremde, würde meine Frau erklären. Ist die lange Abwesenheit von der Familie. Die Verlassenheit jenes Gehöfts. Die Arbeit im Winterwald. Und das Gewicht des Nebels.

Meine Frau Florence ist nie fort gewesen. Aber Zurückgelassene können mit ihrem Herzen sehen.

Es stimmt, es gibt in diesem Land eine andere, eine dumpfere Helligkeit. Die Baumtropfen erstarren, noch ehe sie fallen, zu Eis. Und die Schreie der Vögel verklirren im frostigen Wald.

Kalt, Chef!, sage ich, klappere mit den Zähnen und schlage hüpfend die Arbeitshandschuhe zusammen. Er deutet in die Richtung meiner Heimat und wischt Schweiß von der Stirn. Ja, dort ist es wärmer. Er lacht und ich stimme in sein Lachen ein. Als verbinde uns eine gemeinsame Sprache.

Ich bücke mich vor dem Fisch. Nicht anders, als wenn ich vor meinem Kind in die Knie gehe, um in der Welt seiner Augen zu sein. Den Zeigefinger am Mund, den Kopf gesenkt, schaut mein Kind mich dann an, diesen Vater, der in die Fremde geht und aus der Fremde zurückkehrt.

Dir kann ich es sagen, Fisch: Ich fürchte den Augenblick, da es den Mund zum Weinen verzieht, als wollte es mir bedeuten: Du kommst daher, fremder Mann, aber du hast kein Recht, dich auf einen Fleck in meiner Welt hinzuknien. Bist einer, der plötzlich aufsteht und die Tür schließt zwischen uns.

Das Kind wächst ohne mich auf. Schürft sich das Knie an den Steinen im Feld. Weint über die blutige Schwäre des Hundes Miro, an der in der Mittagswärme schillernde Klumpen von Fliegen hängen. Es legt leuchtende Herbstblätter auf das Wachstischtuch und knackt Nüsse. Mit gescheiteltem Haar marschiert es neben seiner Mutter zur Kirche. Und sein Vater, dieser Vater, legt ihm nicht die Hand auf den Kopf.

Die Zeit versickert, Fisch, und kein einziger vergangener Augenblick kehrt zurück.

Meine Familie wohnt am Fluss in einem Haus aus Stein. Mein Vater arbeitet im Sägewerk. Und dessen Vater arbeitete im Sägewerk. Die Glücklichen finden ihr Auskommen im Sägewerk. Man hört das Kreischen der Sägen im Dorf. Sägemehl flimmert an den Mauern, den Bäumen und den Haaren der Bewohner. Mein Kind hustet gelbe Brocken. Unser Himmel ist mehlig, und eine Mehlhaut schwankt auf dem Fluss. Auch dort gibt es keine kristallenen Gewässer, Fisch.

Florence schreibt keine Briefe. Wir bei uns schreiben keine Briefe. Am Sonntag rufe ich an. Das ist Sonntag: dieses Telefongespräch.

Dort, wo du jetzt bist, in dem Land, ist es da schöner?, hat Florence gefragt.

Es ist wie in jedem Land. Schön und weniger schön.

Ist es eine gute Arbeit?, hat sie gefragt.

Es ist eine Arbeit. Das Kreischen meines Sägeblatts, nicht anders als zu Haus. Und das Ächzen des Baums, der splitternd durchs Astwerk zu Boden fällt. Ich soll den Wald lichten, das Gehöft mit einer Trockenmauer umgeben, Sauerampfer ausstechen, Spazierwege zum Teich anlegen, Wasserlilien pflanzen, Rundholzstufen zur Anhöhe in den Waldboden schlagen und die Decke des geflochtenen, gelackten Pavillons in roter Farbe streichen, damit er einer Pagode gleicht. Florence weiß nicht, was eine Pagode ist. Ein Tempel vielleicht. So etwas gibt es nicht in unserem Dorf.

Ist es ein guter Chef?

Es ist ein Chef.

Manchmal peitschen seine Befehle von der Anhöhe. Dann gibt es Tage, an denen ich keinen Menschen sehe. Und ich denke, der Chef hat mich seinem Wald zugeteilt, seinem Wasser, seiner Pagode. Und da vergessen. Nun stehst du hier, Alfredo Pereira, in der eisigen Luft und wartest, bis es Frühling wird.

Die Frau des Chefs setzt sich nie mit einer Häkelarbeit in die Sonne, wie Florence das tut. Sie begleitet ihren Mann selten bis zum Teich. Sie pflückt Blumen. Und starrt von der Pagode aufs glitzernde Wasser hinab. Das Paar hat Kinder, heißt es. Söhne, die in eigenen Wohnungen leben, eigene Wege gehen.

Einmal ging das Paar durchs nasse Laub. Die Stimme des Chefs klang, als erzähle er einen Traum. Die Frau hörte nicht zu. Sie neigte nur ihre Pelzkappe in seine Richtung.

Es sind andere Leute als wir. Sie haben andere Wünsche und ein anderes Maß. Einen See, nicht für Fischfang, sondern für Wasserlilien und Libellen. Einen Wald, nicht um Holz zu schlagen und Wild zu jagen, sondern als Erholungspark. Ein Gehöft, das die Söhne nicht bewirtschaften, sondern das leer steht, einfach da ist, in ihrem Besitz.

An einem Tag riss ich Seerosen aus. Mit Stiefeln im Schlick stehend griff ich mit beiden Händen ins Wasser. Mir fuhr ein eisiger Schmerz durch den Arm. Und da sah ich den Fisch. Er schaute mich an, ich bin ganz sicher. Für einen Moment schauten wir uns an. Dann glitt er, leise den Saum seiner Flossen bewegend, durch die Seerosenstängel und verschwand im schlammigen Grund.

Seither gehe ich oft zum Teich. Schaue dem Schwanken des Laubteppichs zu, dem Spiegeln des Himmels, der in den dunklen Spießen der Tannen hängt. Und ich denke an die warme, nach Zimt duftende Haut von Florence und an das Stück Land, das ich mit ihr und meinem Sohn bebauen möchte.

Manchmal durchzieht ein Flugzeug die zitternde Wasserhaut. Oder ein Zugvogelschwarm rauscht darüber weg und das Zischeln der Flügelschläge zerfetzt mir die Brust. Dann rufe ich ins Wasser und warte aufs Erscheinen des Fischs.

Ein Fisch?, höre ich Florence die Nächte fragen.

Mehr als das. Ein Partner der Einsamkeit. Er trägt meine Sehnsucht in die Tiefe hinab.

So also verbringt Alfredo Pereira aus dem Steinhaus am staubgelben Fluss den Winter in jenem Land? Froh, beinah glücklich, wenn ein glänzend grauer Schuppenleib in die Luft schnellt und klatschend zurück ins

Wasser fällt? Nicht weniger zufrieden als der Hund Miro über die Kühle der Nacht, die ihm endlich den Fliegenklumpen von seiner Wunde vertreibt.

Für nasse Augen ist keine Zeit. Florence zieht unermüdlich ihr Häkchen durchs Garn. Ihr gehe es gut. Der Familie gehe es gut. Das Sägewerk macht Kurzarbeit. Es beschäftigt nur Arbeiter, die sich das ganze Jahr in die Schicht einteilen lassen. Für Leute, die in einem fremden Land einer besser bezahlten Arbeit nachlaufen, wird es hier in Zukunft kein Brot mehr gehen. Diese Nachricht geht vom Sägereibesitzer zu den Familien im Dorf, von dort zu den Vätern und Söhnen in der Welt. Und die grummeln die Schreckensbotschaft in ihre Arbeitshandschuhe. Oder erzählen sie einem Fisch. Und dieser sinkt mit ihr in die unergründliche Tiefe des Wassers hinab.

Was wird nun werden, Fisch? Die Stille des Stummen da unten lässt mich die Stimme heben, wie mein Chef, wenn er mir Anordnungen in seiner fremden Sprache gibt, als wäre ich taub oder schwer von Begriff.

An einem Morgen kam der Chef durch den tropfenden Wald und stellte sich zu mir ans Wasser. Er schien bekümmert, schürfte ein paar Kiesel zusammen und drückte sie mit der Schuhspitze in die aufgeweichte Erde. Vielleicht wollte er etwas sagen. Mit einem Menschen sprechen. Das matte Licht der Sonne verwandelte den Teich, die triefenden Bäume. Man meinte das Klingeln der zitternden Tropfen an den Blättern zu hören. Ein Vogel streifte einen Blütenzweig. Die Samenkapseln zerbarsten und schütteten ihre Samenkörner rasselnd aufs Laub.

Wir vernahmen dieselben Geräusche. Sahen dasselbe verzauberte Bild. Ich spürte die Hilflosigkeit des Chefs. Er streifte mich mit keinem Blick. Er sah auf seine Schuhe. Schließlich kickte er die Steine ins Gebüsch und klopfte mir auf den Rücken. Gebückt stieg er die glitschigen Holzstufen zu seiner Pagode hinauf.

Im Dezember rückt die Sonne aus dem Waldeinschnitt. Der Teich gefriert. Das Mondsilber rieselt in den Nächten nun nicht mehr auf den Grund. Und der Fisch zieht eine unendliche unergründliche Bahn durch seine dunkle Einsamkeit. Wahrscheinlich bin auch ich ihm fremd. Die Not meiner Nächte und Tage sind ihm fremd, dieser Wald und die Lufthülle um diesen Wald. Abstoßend und fremd.

Es ist Weihnacht und meine Kerze frisst ein Loch in den Schnee. Still brennt sie in ihrer glitzernden Höhle. Ich lege die Hände auf den gefrorenen Teich.

Wendet der Stumme das Silberauge meinem Licht zu? Ich weiß, er ist da. Und der Saum seiner Rückenflosse fächelt die dünne Eisschicht unter meinen Händen. Da verharrt er, bis Tauwetter die Eisdecke sprengt. Wenn die Vögel wiederkehren, wird sein Mensch ihn verlassen. Dann neigt der leere Himmel sich übers Wasser. Und ein paar Wachsplättchen, Reste einer Kerze, schwimmen auf der Oberfläche. Sie erinnern den Fisch an den Fremden am Ufer auf Knien. An eine Stimme, deren Schwingung ihn auf dem Grund des Wassers berührt hat.

Rundgang im Regen

Der Regen ist kein Einwand gegen ein paar Schritte im Freien, da hat sie Recht. Wir können uns ihre Renovation im Dienst der Kunst in jedem Umbaustadium und bei jedem Wetter ansehen. Wir haben ja Schirme. Und wir rosten doch nicht. Die Häuser in der Fußgängerzone haben weit vorgezogene Walmdächer. Und bis zur Jugendstilvilla meiner Gönnerin ist es von der Bahnhofgarage nicht weit. Ihr Quartier am Hang hat gepflasterte Wege. Das Prasseln aufs Blätterdach ihrer alten Bäume verzaubert die Parkanlage. Und wir genießen einen einzigartigen Blick auf die regennasse, dampfende Stadt.

Ich gehe in ihrem Schlepptau, natürlich. Sie ist meine Gönnerin. Sie kennt mich durch und durch. Weiß immer, wann ich arbeiten und wann ich unterbrechen und sie begleiten muss. Plötzlich steht sie in meiner Töpferei und klatscht. Und schon sieht man uns im Regen. Ich trotte neben ihr her, dringe auf einer Seite der Ringmauer ins Städtchen hinein, auf der anderen Seite der Ringmauer hinaus, während ich zu Hause an meiner Fasertechnik arbeiten oder Ordnung schaffen oder mir endlich einmal Zeit zum Faulenzen nehmen könnte. Stattdessen betrachte ich links das Museum und davor eine Bronzefigur, unter mir das Bogenmuster des Kopfsteinpflasters, beachte die interessante Dachlandschaft, die Farben der verschachtelten Fassaden, die Täferuntersichten, Giebelmalereien, die überquellenden Blumensimse und reich verzierten Wirtshausschilder des Goldenen Ochsens und des Schwarzen Stiers, alles, alles beachte ich.

Die Ringmauer mit ihren Türmen, Schießscharten und Zinnen seien gewaltig, bestätige ich. Sie nickt. Tatsächlich erhält man erst bei Nässe eine Ahnung von deren Schutz und Trutz. Sie komme ins Grübeln, warum eine so kleine, unbedeutende Stadt es einmal für notwendig hielt, eine derartige Festung zu bauen, die dann in der Folge unzählige Kriege, Herrschaftsansprüche und Seuchewellen überdauerte. Alles ist an dieser Mauer abgeprallt. Heute dient sie nur mehr als Sujet für Kalenderfotografen, Historiker, Denkmalschützer und Maler.

Wie Recht meine Gönnerin hat. Diese Kulisse! Einmalig! Und die vielfarbigen Flechten auf dem Stein! Eine Vorlage für meine Glasuren.

Sie freue sich, sagt sie, wenn sie mir die Augen öffne. Wenn sie mich bewege, mich an etwas zu entflammen. Das sei ihr Anliegen. Das sei ihr das Allerwichtigste. Mein Werk.

Ich zünde eine Zigarette an, schaue den Kringeln nach und sage, ich hätte an einem Kubus gearbeitet. Die halbe Nacht, den ganzen Vormittag. Farbspiralen bauen, glätten, durchtrennen, umformen. Ich sei erschöpft.

Ich hauche den Rauch in den Regen. Sie bleibt stehen. Ihr herumschwenkender Schirm überschüttet mich mit einem Tropfenschwall. Ich habe den Eindruck, als kehrte ich über sieben Berge zu ihr zurück. Sie greift nach meiner Hand. An deinen Fingern klebt kein Lehm. Sie sind geölt und weich. Ist das die Hand einer Töpferin?

Warum verteidige ich mich? Ich möchte wissen, warum ich jeden Atemzug mit einer Arbeit rechtfertigen muss. Ist der Tag mir geschenkt, um anderer Leute Erwartung zu erfüllen?

Reden wir von ihr! Sie ist eine Seele von Mensch, eine Dienerin an der Kunst. Sie hat ein unbestechliches Auge. Sie trennt Spreu vom Weizen. Sie fördert mit offener Hand. Ihre Begeisterung ist bewundernswert, ihr Tatendrang, ihre Lust, bei jedem Wetter und zu jeder Stunde einen Rundgang zu machen.

Ich muss zugeben, dass die Bronzefigur vor dem Museum mir gefällt. Ja, sie beeindruckt mich ganz besonders, diese gleichmütig im prasselnden Regen Sitzende mit dem sanften Gesicht, die ihre Arme über das erhobene Bein streckt und den Fuß umfasst. Aus dem gedrechselten Haarkranz rinnen Tropfen über ihre gesenkten Lider. Man sieht das Wachsen und Zittern der Regenperlen an ihrem Kinn, und dann stürzen sie auf die Knospe der einen Brust. Die schwankenden Zweige der Parkbäume treiben Schatten über die Biegung ihres Rückens. Und man könnte meinen, da sitze eine Lebende.

Ein an Kulturgütern reiches Quartier, sie nickt.

Ja, sie will mich auf andere Gedanken bringen. Den Kopf auslüften, wie sie das nennt.

Zugegeben, ich bin nicht in bester Verfassung. Bleich, müde, lustlos und ohne Appetit. Hänge seit Wochen herum, zerreibe etwas Farbe und werfe dann den Klöppel ins Gefäß, um einen Lehmklumpen auf der Drehscheibe zum Kegel zu treiben, und dann klatsche ich die

Form in ein Becken und sinke rücklings ans Lagergestell. An manchen Tagen mag ich keinen Fuß in meine Werkstatt setzen. Sehe im Traum meine Töpfe in Scherben. Wache schweißgebadet auf, liege mit offenen Augen im Bett und lausche auf ein Splittern, ein Knacken oder das Reißen von einer Glasur.

Ohne die Gönnerin hätte ich die Bronzefigur nie gesehen. Zumindest nicht aufmerksam betrachtet. Ich pflege mit gesenktem Kopf umherzugehen. Ihre Klage im Ohr. Du bist blind für die Schönheiten der Welt! Du bist am Boden zerstört!

Der Sandkasten des Kindergartens ist ausgeschwemmt und eine Regenrinne lässt Wasser aufs Klettergerüst pladdern. Die Kindertreppe wirkt nutzlos und fremd, eine abgebrochene Leiter zu einem fernen grauen Himmel. Ich nehme lange Schritte im durchtränkten Rasen. Meine Gönnerin beteuert ihre Freude am gemeinsamen Spaziergang.

Sie erwähnt einige Absagen von meiner Seite. Ich hätte Ausflüchte gebraucht. Wenn nicht gar Lügen. Hätte sie regelrecht abgewimmelt. Sie ringt nach Worten. Das schmerze. Die Art, wie ich Aufopferung danke. Dann knüpft sie eine Verbindung zum reinigenden Gewitter. Heute ist ein Tag zum Reden.

Ich widerspreche nicht. Wozu denn? Auf mich ist kein Verlass. Ich bin kein Fels. Ich melde mich, wenn ich einen neuen Brennofen oder Vorschuss oder Medizin benötige. In meinem Jammer, ja, da rufe ich die Liebhaberin der Handwerkskunst an.

Mir fällt die Werkstatt ein. Habe ich bei meinem überstürzten Aufbruch die Fenster geschlossen? Meine

Skizzen liegen herum. Inzwischen sind sie wohl aufgeweicht. Ein Ausstellungstermin rückt näher und die Keramikstücke einer limitierten Serie sind abzuliefern. Mir wird flau. Das passiert. Warum es verschweigen? Beim Gedanken an den Termin wird mir flau. Der Regen prasselt auf die Schirmbespannung und dieses erbarmungslose Geticke einer Uhr dröhnt in meinem Kopf. Ich hoffe, ich werde taub.

Die Gönnerin wirft den Schirm ins Gras und frottiert meine Arme. Wir müssen die Künstlerin aufwärmen, lockern, auf Touren bringen. Deine Probleme gehören gelöst. Und zwar schnell!

Im Gasthaus, die klammen Finger ums Teeglas, soll ich Ratschläge zu Herzen nehmen. Ich friere, sagt sie, weil ich nichts im Magen habe. Und weil ich nüchtern bin, liegt mir die Ausstellung schwer auf. Ich soll die Meringue essen, die sie bestellt hat. Ich soll froh sein und lachen. Aber da säße ich, lustlos und verdrossen über meinen Schlagrahmberg gebeugt. Und Regentropfen zerplatzten auf meinem Teller. Da böte ich ein Bild! So zusammengesunken, mit diesem verzausten Haar und der zerflossenen Wimperntusche. Das Mensch gewordene Elend.

Ich greife zum Löffel, natürlich. Ich mache mich über die Zuckerwellen und gezwirbelten Schlagrahmtürme der Gönnerin her. Es braucht nicht weiter ausgeführt zu werden, dass die Eiweißschale unter meinem hackenden Löffel splittert. Und sie schreiend aufspringt, mit einem Fleck auf dem Taft. Und dass ich mich entschuldige. Und mit der Serviette am Fleck rubbele. Lächerliche Bemühungen. Sie beißt die Lippen zusammen. Und ich esse mit gesenktem Kopf den Teller leer. Muss erklärt werden, wie erleichtert ich Löffel und Gabel auf den Teller lege. Und wie ich erschrecke, als sie leise sagt, sie hätte gern einen Bissen gekostet. Jetzt, da ich die Riesenmeringue Löffel um Löffel in meinen Mund gestopft und das Besteck gekreuzt auf meinen Teller gelegt habe, gesteht sie ihre Lust auf einen Bissen. Sie muss mir beim Würgen zugeschaut und bis zum allerletzten Löffel auf meine Einladung gehofft haben. Es gibt zu meiner Verteidigung nichts vorzubringen. Was hat sie denn Besonderes von mir erwartet? Nur was von jedem Christenmenschen erwartet werden darf, dass ich einmal vom Teller aufschaue und mich erkundige, ob mein Gegenüber von meiner Meringue kosten will.

Man steht auf, natürlich. Ist es sich schuldig, ein Zeichen zu setzen.

Meine Liebe, ich gehe! Zurück zum Scherbenhaufen meiner Fehlbrände. Zu meinen fortschwimmenden Fellen. Ohne meinen Arbeitskittel bin ich ein halber Mensch. Leider müsse ich auf den Anblick der Jugendstilvilla verzichten. Auf ihre Begleitung. Auf ihre Mühen im Dienst der Kunst.

Sie greift nach meinem auffliegenden Mantel. Und klopft gegen ihren Schenkel. Und ich? Ich trotte an ihre Seite, als wäre ich ihr Hund.

Eine schöpferische Person kann ihre Skizzen in keiner Flut dieses Himmels ertränken, sagt sie. Die hat sie im Kopf. Sie zieht meine nasse Hand unter ihren Arm und neigt den Schirm über mich. Sie lacht. Ja, das muss eingestanden werden, wie rasch sie verzeiht. Dass sie überhaupt nicht nachtragend ist. Ich stimme in ihr

Lachen ein. Wir klingen wie Glocken, die das Rauschen des Regens übertönen. Und unsere Schritte klatschen im gleichen Takt.

Ein Brei quillt schmatzend durch meine Zehen. Wir steigen über Scherben, Drähte und Zementsackfetzen. Sie schwenkt ihren Schirm vom Bauzaun über die Breite des Geländes. Das wird ihr französischer Garten, das wird ihr im alten Glanz wieder aufgebautes Haus. In Richtung ihrer Schirmspitze der Ostflügel, der Westflügel, die Halle, das Südzimmer, das Atelier.

Der Regen prasselt in meine Augen, so dass ich blinzeln muss. Trotzdem schaue ich auf zu den seltenen, tropfenden Bäumen und hinunter auf die Blumen, die ihre getränkten Blüten zu Boden neigen. Ich beneide Menschen mit Tatkraft. Sie setzen etwas in Gang. Das Universum dreht sich nur um sie. Ein schöner Gedanke! Der Mensch muss sich ja nicht ständig vor Augen halten, dass er der Schöpfung gleichgültig ist. Das Leben meiner Gönnerin ist ein Marsch durch Museen. Ein nie endendes Studium. Meine Keramiken haben ihr gefallen. Sie ist überzeugt, ich könnte mir einen Namen schaffen. Sie hat Himmel und Erde in Bewegung gesetzt, um eine Ausstellung zu organisieren.

Sie ist ein Fels! Das darf nie vergessen werden.

Ich bin ihr Teig. Auch das darf nicht vergessen werden.

Ihre Ernte ist Undankbarkeit. Mein Abschotten. Immer sie, die einen Schritt tut. Die mich an die Luft hinauslocken muss, damit ich durchatme, etwas sehe, erlebe, ein Stück meiner Umgebung in mich aufnehme und meine Phantasie bereichere.

Sie stellt sich mir in den Weg und schaut mich liebevoll an. Sie hätte seit Wochen nichts von mir gehört. Nun, da die Ausstellung näher rücke und wir vorwärts machen müssten. Sie müsse mir Dampf machen. Morgen fliegen die Fetzen!

Ich wende mich ab. Kann ihr zärtliches Dampfmachergesicht nicht mehr ertragen. Doch sie scheint sich wirklich Sorgen zu machen. Außer meiner Mutter fällt mir niemand ein, der sich Sorgen um mich macht. Ich könnte tatsächlich einmal ernsthaft krank werden. Mir auf einem Rundgang im Regen eine Lungenentzündung holen. Oder erschlagen werden von einem Keramiktopf. Die Anzeichen von Erschöpfung sind nicht zu übersehen. Eines Tages werde ich vor Müdigkeit kopfüber in einen Lehmklumpen fallen und ersticken.

Ich lasse zu, dass sie mich wieder unterfasst.

Ob ich ihr Buch zur Millefiori-Technik studiert hätte, will sie wissen. Sind die eingefärbten Fasern nun zur Schale geformt? Ob sich ihr neuer Brennofen für das Tongeschirr eigne? Sie hätte das extra geräumige und leistungsstarke Modell gewählt.

Ich gebe die Antworten, die sie hören will. Die sie ihr Schirmchen schwingen lassen. Die Geschenke der Gönnerin sind ihren Preis wert. Nur die Töpferin ist eine Fehlinvestition.

Die Gartenwege zu ihrer Jugendstilvilla sind vom Trax aufgeweicht und von Baumaschinen und Werkmaterial verstellt. Sie klettert auf einen Bretterstapel. Ihre Schirmspitze kratzt die Fontäne eines Springbrunnens in die Luft und zeichnet das Ornament der buchsgesäumten Beete. Dazwischen hätte ich mir weiß gelackte

Bänke vorzustellen, einen Marmortisch und uns, die daran den Tee einnehmen. Nun zieht sie mich in die Büsche und hackt einen Absatz in die Erde. Dies sei der Platz für eine Bronze. Die Sitzende fällt mir ein und ich sehe die Gönnerin schon den Preis aushandeln und die Figur am Kran zum neuen Standort dirigieren. Dort wird sie dann mit niedergeschlagenen Augen auf dem Marmorsockel in ihrer Buchsumkränzung sitzen. Und die Herrin hetzt ihre Gärtner mit Schaufel, Heckenschere und Rasentrimmer durch den französischen Garten. Die Arme in die Hüfte gestemmt, schreit sie Befehle. Plötzlich öffnet die Figur ihre Augen. Sieht das Dampfmachergesicht. Springt auf und rennt aus diesem wunderbaren Anwesen hinaus.

Die Gönnerin zieht meine Hand wieder unter ihren Arm. Wir stampfen über Bretter und matschige Wege, klatschend, spritzend, rutschend. Und ich denke an all die künftigen Spaziergänge zwischen buchsgesäumten Rabatten. An die Ruhe hier, den Duft, die verschiedenen Ausblicke. An sonnigen Tagen zeichnen Schneeberge sich in der Ferne ab. In der Senke glimmen die Schlingen eines Flusses, am Horizont erhebt sich der Hügelzug des Juras. Und wir werden über den Rand unserer erhobenen Teetasse dieses Panorama sehen.

Man stellt sich natürlich den fensterlosen Bau nach seiner Vollendung vor, rosa getönt, mit Säulen und Kletterrosen an den Holzgittern, und an einem der hohen Bogenfenstern, zwischen gerafften, gepufften Vorhängen: sie, die mich mit dem Zeigefinger durch die Schönheit dieses französischen Gartens schleust. Ich soll mir die Ornamente ihrer Buchsfassungen ansehen.

Und ihren Seerosenteich. Diese verwischten Farben dort. Dieses sich auflösende Bild. Ich soll mich inspirieren lassen. Und wie der Blitz zum Brennofen zurück!

Eine Schirmspitze fährt auf meine Brust. Man hätte mich, höre ich, etwas gefragt. Mir ein Angebot gemacht. Das Atelier werde sonst an eine andere Künstlerin vergeben, man erwarte mein Ja. Ob ich verstehe?

Ich nicke. Ich verstehe. Sie wird jederzeit die Tür aufreißen, mich unterhaken und mit mir durch diesen Landstrich marschieren.

Ein Zündholzbriefchen holpert in Rucken dem gurgelnden Abfluss zu. Und ich überlege, ob ich in die Pfütze treten soll, nah an ihrem grüngrau schillernden Mantel, und mitteilen, dass Schluss jetzt sei mit Fuß! Sitz! Platz!.

Aber sie tänzelt in ihren Texasstiefelchen schon übers Gerüst, der rote Schirm wippt in der Luft. Und ich stehe zwischen Schubkarren bis zu den Knöcheln im Schlick.

Was geht mir durch den Kopf? Tausenderlei. Mein Scherbenhaufen. Das unerbittliche Hämmern meiner Uhr. Und das Universum, das sich nur um Menschen wie sie dreht.

Vom Taftmantel abspritzende Tropfen umgeben sie mit einem Schein. Sie ist unwirklich. Gleich einer Seiltänzerin balanciert sie mit ihrem ruckenden Schirm über das letzte federnde Brett bis zum Punkt, an dem es kein Geländer und keine Gerüstaufbauten mehr gibt. Was für eine Aussicht! Die Landschaft gewaschen und gelackt. Sie winkt mich hinauf. Ich soll kommen! Auch ich soll schauen! Ich soll auf mich wirken lassen!

Muss erwähnt werden, dass ich einen Augenblick schwanke? Ich bin nicht schwindelfrei. Das Gerüst erscheint mir unendlich hoch. Aber ich gebe mir einen Stoß und tripple auf der schiefen Ebene zum ersten Stock hinauf. Dort stelle ich frei schwebend meine Linsen auf die Silberstiche des Regens ein. Danach auf sie, die über mir ihr Schirmchen schwingt. Auf dem glitschigen Brett schlittere ich ein Stück zurück und fange mich mit beiden Armen rudernd auf.

Sie lacht. Gott, wie sie lacht! Sie kann nicht aufhören zu lachen. Plötzlich verfliegt meine Höhenangst. Ich steige auf dem steilen Brett in den schwarzen Himmel, das Regenrauschen im Ohr.

Ihr Lachen wandelt sich jäh in einen Schrei. Das ist das Letzte, was ich höre. Diesen Schrei.

Das Aufblähen ihres Mantels im Sturz muss nicht geschildert werden, das Flattern von grüngrau schillerndem Taft, das schwere Poltern, das Spritzen der Lehmpfütze und eine unnatürlich in den Schlamm gekrümmte Gestalt.

Ich renne vom Südzimmer zum Nordzimmer, klettere auf der Rückseite des Gebäudes über die Leiter zur Straße hinab und laufe zum Museum. Denke, dass mich nie mehr jemand zwingen wird, eine Richtung zu ändern, dass ich niemands Hundeersatz. Ich juble. Ja. Ich singe. Es ist so angenehm, im Regen durch den aufgeweichten Park zu laufen, die Füße abrollend, hochgeworfen und versinkend im tiefen, schmatzenden Gras. Das Licht ist grün. Und die Bäume strecken ihre Zweige über mich.

Das Schwindelgefühl der Freiheit muss geschildert

werden. Wie ich tanze und die Tropfen auffange mit dem Mund. Und glaube, dieser Zustand wird immer währen. Dann der Augenblick des Schreckens. Ich werde ihn nie vergessen. Plötzlich höre ich hinter mir ein Klatschen, fahre herum und sehe unter der Blutbuche die Sitzende. Sie trägt einen Mantel aus grüngrau schillerndem Taft, schaut mich mit ihren metallenen Augen an und klatscht die Hand gegen den dicken Schenkel.

Überflüssig zu erwähnen, dass ich sofort an ihre Seite weiche.

Kein Schiff nirgends

Die Frau auf dem Bild dreht dem Betrachter den Rücken zu. Ihr roter Mantel ist aufgebläht, sie steht auf der Spitze des Stegs und blickt aufs Meer. Seine Farbe ist bleiern, die Wellen sind mit hellem Schaum besetzt. Die Frau ist vollkommen umgeben von Wasser, ein roter Punkt in einem Meer aus Blei. Dieses Gemälde geht mir nicht mehr aus dem Kopf. Ich habe es im letzten Saal des Museums entdeckt. Es hat mich sofort gefesselt.

Ich versuchte, die Bewegung der Wellenstaffeln nachzuvollziehen und das Rammen der Wellen zu hören. Dachte an die nicht endenden Stürze des Wassers. Und unser jämmerlich kurzes Leben. Stellte mir vor, wie winzig der rote Punkt sich dort auf dem Steg jetzt fühlen muss. Mutterseelenallein. Kein Geliebter, keine Freundin. Um sich nichts als das bleierne Meer.

Ein Wächter hat mehrmals in den Saal geschaut. Ungeduldig, wie mir schien. Erbost, weil ich weder weiterschlenderte noch Anstalten machte, den Saal zu verlassen. Ich war die einzige Besucherin und hatte keine Eile. Sonntag, Ferienzeit, die Geschäfte geschlossen und leer die Stadt. Niemand wartete auf mich. Ich lebe allein. Besuche an freien Tagen Museen oder lese oder liege mit den Händen unter dem Kopf auf dem Bett und denke mir Gespräche und Abenteuer und Reisen aus.

Sicher wäre es angenehm, eine Freundin zu haben.

Man würde zusammen in Museen gehen, über das Gelesene diskutieren und eine Reise machen. Und vielleicht würde man miteinander auf einem Steg über ein bleiernes Meer sehen. Diese Freundin könnte ich bei der Hand fassen und mit ihr gegen das Gebrüll des Wassers anschreien.

Seit vielen Jahren wohne ich in dieser Stadt, aber bisher habe ich niemanden näher kennen gelernt. Die Männer, die mich interessieren, sind verheiratet. Die Frauen sind Mütter. Nur ich habe im Leben keinen festen Platz. Gehe zu selten aus, um Kontakte zu knüpfen. Oder besuche die falschen Orte. Und vielleicht ist man mit Vierzig schon etwas eigen. Ich weiß, dass andere Alleinstehende in meinem Alter einen großen Bekanntenkreis pflegen. Doch ich war nie eine Frau, die leichthin Freundschaften schließt. Ich glaube, dass sich in einer Beziehung unzählige Schwierigkeiten ergeben. Es fängt damit an, dass die Freundin auf ein Reisearrangement im Glanzprospekt pocht. Sie hat sich ein Ziel in den Kopf gesetzt und duldet womöglich nicht einmal Widerspruch. Da sie in Geldsachen wohl sorgfältiger und geschickter wäre als ich, würde sie meine Reisebarschaft in Verwahrung nehmen wollen. Ich bin die Kasse, basta! Und gebieterisch, wie diese Person ist, nähme sie am Ferienort das schönere Zimmer in Beschlag. Noch ehe man einen Ton herausbringen kann, wirft sie sich rücklings aufs Bett und federt mit ausgebreiteten Armen lachend auf der Matratze.

Oh, ich kenne mich! Meine entsetzliche Anpassung. Ich hätte den Wunsch, sofort auf dem Absatz zu drehen. Addio amiga! Aber ich würde nicht gehen. Ich stände da, mit dummem Gesicht, die Gletscher des Nord- und des Südpols in der Brust.

Natürlich verbringe ich nicht ganze Sonntage in einer Galerie. Wem könnte denn das bloße Betrachten von Bildern genügen? Man möchte doch der Mittelpunkt der Malfläche sein. Das eindringlich studierte Objekt. Manchmal zerreißt mich eine Sehnsucht. Ich komme mir so überflüssig und nutzlos vor. Ich falle aus der Andacht eines Bildes, stürze aus dem Saal auf der Suche nach dieser Stimmung, diesem Licht, diesem im Bild angetroffenen Jubel. Aber ich finde nichts. In meinem ganz gewöhnlichen Tag ist nichts wie auf dem Bild.

Als ich mich weggewandt habe, um den Saal zu verlassen, schien mir, als vernehme ich ein Flattern, und ich denke, da hat ein Vogel sich in den Gemäldesaal verirrt. Aber es flog kein Vogel gegen die gleißende Kuppel aus Licht. Nur ich war da. Und klapperte mit den Zähnen, denn es war kühl für die Jahreszeit. Mantel und Tasche hatte ich in der Garderobe gelassen. Man sollte den Besuchern sagen, dass es kühl in den Sälen ist. Auch wenn es den Wächtern angenehmer ist, die Betrachter sich in ständiger Bewegung aufwärmen, statt in Andacht eines Werks versunken zu sehen.

Ich war niedergeschlagen. Ich habe mich gefragt, warum ich meine freie Zeit in einem eiskalten, leeren Raum verbringe, da es doch behaglichere Orte gibt, mit Polstersitzen und freundlichen, gebildeten Menschen, die einem das Werk eines Malers erklären. Ich wollte einen Jahrmarkt sehen. Und lachende Kinder auf einem Karussell. So habe ich mich zum Ausgang gewandt. Etwas unglücklich, weil sich um diese Jahreszeit in unserer Stadt keine Karussells drehen. Nur das Bahnhofbuffet ist immer offen. Doch ich wollte den Rest meines Sonntags nicht zwischen dem Gepäck fremder Menschen verbringen. Und ich hatte auch keine Lust, nach Hause zu gehen. Nach jedem Ausflug überfällt mich ein Grauen, wenn ich in die Stille unseres Flurs trete. Der Besitzer müsste eine stärkere Glühbirne einsetzen, die Wände hell streichen und die Sonnenwärme ins enge muffige Treppenhaus lassen. Aber die Haustür fällt sofort ins Schloss. Und in der Kugellampe brennt für drei Minuten ein Allerseelenlicht.

Ich war schon beim Ausgang, als ich in meinem Rücken ein Platschen hörte. Als schwappe Wasser über den Rand einer Wanne. Und wie ich mich umdrehte, entdeckte ich auf dem Parkett ein Rinnsal von Wasser. Doch die Glaskuppel des Museums ist dicht. Und es gibt keinen Brunnen. Die Gemäldesammlung ist viel zu wertvoll, um sie einer Gefahr auszusetzen.

Ich suchte den Wächter. Aber ich fand ihn nicht.

Jede andere Besucherin hätte das Gebäude jetzt verlassen, schließlich ist es Aufgabe der Wächter, nach dem Rechten zu sehen. Ich aber bin dem Rinnsal gefolgt. Es hat mich zurück zum Bild der Frau im Meer geführt. Sein Rahmen tropfte. Die Mauer darunter war nass. Und die Lache auf dem Boden vergrößerte sich.

Ich glaube nicht an Erscheinungen. Gewöhnlich gibt es eine natürliche Erklärung. Wie so manches vornehme Gebäude ist auch unser Museum im Lauf der Jahre mehrmals umgebaut und einem neuen Zweck zugeführt worden. Die wertvolle Bausubstanz durchziehen vergessene Stränge von Leitungen und Abflussrohren. Und da kann ein Leck auftreten, das dann mit komplizierten Geräten gesucht werden muss.

Ich spreizte das Bild von der Wand ab, um mir den Putz anzusehen. Die Wand war trocken. Aber der Rahmen war nass. Wasser hatte sich in der Goldverzierung gesammelt und stürzte beim Zurechtrücken über meine Hand. Ich war ratlos und trat einen Schritt zurück, um mir die Malerei anzusehen.

War das Meer immer so aufgewühlt? Beim ersten Betrachten schien es mir glatter. Doch nun, da ich näher am Gemälde stand, wirkten die Wellenberge höher. Es schien beinah, sie türmten sich auf und wanderten auf den Betrachter zu. Ein erstaunlicher Effekt. Das Bild des Rothschildmuseums im Medoc fiel mir ein, dessen Perspektive sich mit dem Betrachter mitbewegt. Ein Phänomen. Kein Mensch kennt die Ursache für die verblüffende Wirkung, die Fachwelt kann das Geheimnis dieser Maltechnik nicht ergründen.

Ich schloss die Augen. Als ich wieder hinsah, hatte ich den Eindruck, die Frau auf dem Steg hätte ihre Stellung verändert. Waren ihre Hände nicht eben noch verschränkt? Nun waren die Arme ausgebreitet. Sie hob die gebauschten Ärmel zum Himmel, als wolle sie sich im nächsten Augenblick in die Luft werfen. Sie fliegt übers Meer, dachte ich, fliegt über ihren Rahmen. Nur du stehst immer am selben Platz.

Mir war, als vernehme ich ein auf und ab schwellendes Geräusch. Als schlagen Wellen an eine Ufermauer. Ich konnte es mir nicht erklären. Von draußen drang kein Laut durch diese dicken Mauern. Es regnete nicht. Und der Grundwasserstrom durchfließt unsere Stadt in einem unterirdischen Kanal. Ich verharrte still. Da schwappte mit einem zischenden Lärm plötzlich ein Schwall über den Rahmen. Wasser ergoss sich über meine Schuhe. Ich dachte, ich träume. Bald stand ich knöcheltief im Wasser und musste die Schuhe ausziehen. Wer trägt denn Stiefel, um sich Gemälde im Museum anzusehen? Ich bin zu einem Stuhl gewatet und habe mich auf den Sitz gestellt.

Ich hatte den Eindruck, dass draußen Wolken aufzogen. Die Düsterkeit drang durch die Glaskuppel in den Saal. Aber es erschien noch immer kein Wächter, um Licht anzudrehen. Jetzt war das Rammen nicht mehr zu überhören, das Meer mit seinen gewaltigen Brechern, so schwer und dumpf, wie ich es mir immer vorstelle, wenn ich, auf meinem Bett liegend, stundenlang zur Decke starre.

Die Rote auf der Spitze des Stegs ließ die Arme sinken. Sie drehte sich. Tatsächlich. Die Figur schlenderte über den Steg, nahm einen langen Schritt aus dem Bild und kam auf mich zu.

Kein Schiff, nirgends, rief sie im Kommen.

Ja, sie meint mich, wen sonst? Ihre am Ufer stehende Freundin.

Es hat keinen Sinn, sich gegen die Bilder im Kopf zu stemmen. Man muss sie über sich ergehen lassen.

Da ist also ein Ufer. Gut! Ich befinde mich auf einer Insel. Ich habe eine Reisebegleiterin. Wahrscheinlich hat sie dieses Ziel gewählt. Wie andere Touristen haben wir einen Touristenausflug zu dieser Insel gemacht. Jetzt warten wir aufs Schiff, das uns aufs Festland zum Hotel zurückbringen wird.

Wie windig es hier ist! Wie düster! Und dazu das unentwegte Rammen des Meers! Der rote Mantel meiner Begleiterin plustert sich auf. Ihre nassen Stiefel klatschen aufs Pflaster. Wir wandern im Schutz der verwaschenen Häuserzeile bis zu einem Kanal. Seine Oberfläche ist kaum aufgeraut. Rauchfarbenes Glas, Häuser spiegelnd, Wolkenbausche und eine Bogenbrücke. Tauben schießen über den Kanal. Man meint, sie schwömmen durch eine Stadt auf seinem Grund. Ein Ort für Maler, denke ich, Venedig vielleicht oder Murano. Und ich bin froh über die Wahl meiner Begleiterin. Sie scheint meine Vorliebe für Gemälde zu kennen. Der passende Ort für eine Liebhaberin von Museen.

Der Wind zerrt an meinem dünnen Kleid. Ich ärgere mich, dass ich für diesen Ausflug keinen Regenmantel mitgenommen habe. Meine Begleiterin hat an alles gedacht. Unter ihrem Kinn stehen die Zipfel eines Kopftuchs von der roten Regenhaut ab und Gummistiefel schlappen um ihre Waden.

Wir warten!, sagt sie und strebt zu einer Bank. In der Weite ihres Mantels sucht sie die Zuckertüten und Croissants, die ich angeblich an diesem Morgen auf dem Frühstückstisch habe liegen lassen. Sitzt mit zusammengedrückten Knien neben mir, reißt ein Croissant entzwei, bestreut es mit Zucker und schiebt es in den Mund.

Was ist mit dem Schiff, unserem Schiff?

Heute Streik. Sie deutet zum Plakat. Es prangt an der Schiffsstation. Sie schaut kauend übers Wasser. Dann gräbt sie im Mantel und überzuckert den nächsten Gipfel. So viele Tage, wie sie Brot und Zucker aufgehoben hat, sind wir schon hier.

Ich springe auf. Es war nie meine Absicht, die Ferien in Begleitung einer Person zu verbringen, die ihre zum Flug erhobenen Arme aus der Luft nimmt, um meine Frühstücksreste in den Mund zu schieben. Und ich will auch nicht auf ein Schiff warten, das niemals kommt.

Ich laufe auf die Kirchenkuppel zu. Perlvorhänge wehen aus den Hauseingängen. Der Wirbel dieser klirrenden, zappelnden, aufglänzenden Schnüre erinnert an ein drehendes Karussell. Das stimmt mich heiter und leicht. Ein wunderbarer Ort. Die Frau im roten Mantel kenne ich nicht. Sie interessiert mich nicht. Ich will meinen Aufenthalt genießen.

Ich lehne mich an eine Mauer und schöpfe Atem. Stühle werden auf die Gasse gerückt, Tücher über die Tische geworfen, geglättet und gedeckt. Eine junge Bettlerin in der trauerschwarzen Schürze der Alten setzt sich mit verdrehten Beinen neben die ausgehängte Speisekarte des Restaurants. Sie reckt den Vorübergehenden die Hand entgegen und wackelt mit dem Kopf. Und wenn sie aus ihrer Sichtweite sind, faltet sie die Hände in ihrer Schürze und sitzt wieder ruhig da. Nach einer Weile entledigt sie sich der Altenschürze und verlässt ihren Bettelplatz.

Die Gasse mündet auf einen weiten Platz, das Portal der Kirche steht offen. Im Inneren ist es noch düsterer als in unserem Flur. Es duftet nach Moder, Weihrauch, Schmierseife und Bienenwachs. Aus Dankbarkeit für diese Reise kaufe ich eine Kerze. Endlich bin ich der Stadt entflohen, die mir keine Liebe anzubieten hat. Endlich unternehme ich etwas. Endlich lausche ich dem Rammen eines wirklichen Meers und knie mit vielen

Menschen im Geflacker einer Kirche. Auch für mich brennt eine Kerze. Auch ich schaue ins leise Schwanken meiner Flamme.

Plötzlich höre ich einen Schrei. Da bist du ja! Die Stimme der Roten. Sie schlappt in schweren Stiefeln durchs Mittelschiff.

Du ziehst einfach los und lässt mich stehen! So warst du schon immer!

Meine Begleiterin lässt sich auf die Altarstufe sinken, vergräbt ihr Gesicht in den Händen und weint. Ich denke mit Wehmut an das Gemälde im Museum. Das Meer in seinem Rahmen. Und ein einzelner leuchtender Punkt auf der Spitze des Stegs. Ein Bild der Hoffnung, bewegend, weil ein Mensch sich aus dem Bleigrau herausheben kann.

Soll ich zurückreisen?, fragt sie mich. Und schluchzt auf. Es gibt kein Schiff!

Ich reiche der Schniefenden mein Taschentuch. Das Gemurmel der Betenden verstummt. Sie senken den Mund auf die gefalteten Finger.

Immer streiken sie, wettert die Freundin. Die Schiffer, die Eisenbahner. Sobald ich den Fuß aufs Trittbrett eines ihrer Züge setze, koppeln sie den Bahnwagen ab, um ihn aufs Nebengeleise zu stellen. Und dort kann ich dann verdorren.

Soll ich in ein anderes Hotel umziehen?

Sie wartet keine Antwort ab. Bei ihrem Pech finde sie nur ein Zimmer zum Hof. Nachts scheppern dort Kehrrichteimer. Im Frühstücksraum steht ihr Einzeltisch beim Durchgang zur Küche. Ringsum nur Paare ohne Interesse für ihren Ausflug, ihr Pech oder ihren

Gelegenheitskauf. Sie knirscht mit den Zähnen. Fremden ist es einerlei, ob man allein am Tisch sitzt. Ob man beraubt oder auf einer Insel stehen gelassen wird. Du fühlst dich wie ein ausgestoßener Hund. Trottest mit dem Führer in der Tasche durch die Gassen, betrachtest Sehenswürdigkeiten und schaust in Abständen auf die Uhr.

Mit dem Handrücken wischt sie die Tränen ab. Dann erhebt sie sich mit einem Ruck. Halftert ihre Riementasche und zieht mich am Ärmel hinter sich her. Wir sind zusammen weggereist und kehren zusammen zurück!

Den Touristen wird empfohlen, auf dieser Insel Glasware zu kaufen. Die Besucher schleppen ihre zerbrechlichen Pakete zum Schiffsteg. Dass ich ohne Tasche und Mantel bin, scheint niemandem aufzufallen. Vermutlich sind die Einheimischen Inselbesucher in unpassender Kleidung gewohnt. Manche Touristen lösen nicht einmal eine Rückfahrkarte. Diese Insel der Maler, dieses Versprechen der Reiseprospekte ist für Träumende geschaffen. Sie geloben hinzufahren und nie wieder nach Hause zurückzukehren.

Meine Begleiterin wankt neben mir durch die Gassen, schnaufend und breit und die Stiefel mit der ganzen Sohle auf die Pflasterung klatschend. Und möchte doch schwerelos sein, eine Vogelfrau, die ihre Arme in den Himmel wirft und übers Meer schwebt. Möchte in allen Sprachen reden und in allen Städten dieser Welt zu Hause sein.

Ich bedaure, dass ich in Begleitung bin. Wäre ich allein, würde ich dableiben. Wer wartet denn zu Hause auf mich? Wen kümmert es, ob meine Spur sich auf einer malerischen Insel oder in einem düsteren Flur verliert?

Sie packt meinen Arm und zieht mich zum Schaufenster mit Glasware. Sie wird nie mehr von meiner Seite weichen. Ich werde mit ihr nach Hause zurückkehren. Und wenn ich meine Hände unter dem Kopf verschränke, um zur Decke zu starren, ruft sie an. Sie ist meine Freundin. Ob ich sie enttäusche oder nicht. Sie richtet mich auf, begleitet mich ins Museum und zum Jahrmarkt. Die Sonntage verbringen wir gemeinsam. Wir kochen zusammen, essen zusammen und sie führt immer die Kasse.

Mir fällt ein, dass ich Gläser brauche. Mundgeblasene Kelche sind das Richtige, um ein neues Leben zu beginnen. Im Laden hängen Lüster von der Decke. Die Kunden müssen sich unter dem Kristallgehänge durchbücken, um zu den Glasgestellen zu gelangen. Ich wähle Kelche, die mit einer frostigen Firnis überzogen sind, als bestünden sie aus Gletschereis.

Meiner Freundin gefallen sie nicht. Sie sind abscheulich! Touristenkram. Sie nimmt mir den Karton aus der Hand. Sie denke an meinen düsteren Flur.

Was du brauchst, ist ein venezianischer Lüster!

Sie fasst mich bei der Hand, reißt die Ateliertür auf und wir durchqueren vor den Augen der überraschten Glasbläser im Laufschritt das Atelier. Im Vorübergehen nimmt sie einige Lüster vom Lagergestell. Der Fünfarmige mit Lilienblüten und Kristalltropfen an den milchigen Schwanenhälsen ist der Richtige! Sie gibt mir einen Stoß. Beste Ware. Wie der Ladenbesitzer Augen macht! Siehstdudas?

Was unternehmen wir jetzt?

Ich schlage einen Museumsbesuch vor. Sie hasst muffige Gebäude. Hasst Bilder. Zieht es vor, die Dinge mit eigenen Augen zu sehen und dirigiert mich zum Straßenlokal. Du weißt, wie ich die Meeresbrise liebe, meint sie im Niederfallen auf den Stuhl.

Es belustigt mich. Ich kenne sie ja kaum. Ihre Wünsche sind mir fremd. Es ist, als wäre ich im Kino. Ohne Ahnung, wie der Film ausgeht.

Der Kellner serviert einen dampfenden Mokka. Die Freundin schließt Zeigefinger und Daumen zu einem Kreis. The very best coffee! Dann klappt sie eine Pillendose auf und schüttelt Süßstoff in die Handfläche. Mir bietet sie nichts davon an. Sie wird wissen, dass ich meinen Kaffee ungesüßt trinke. Allmählich finde ich Gefallen daran, eine Begleiterin zu haben, die mich so gut kennt.

Sie blättert im Führer. Eine unermüdliche Reisende. Sie wird mich zu den Sehenswürdigkeiten schleppen, meinen Touristenkram dem Händler zurückgeben und durch Gelegenheitskäufe ersetzen. Sie spricht mit Kellnern, Eisenbahnern und Schiffern. Und wenn sie mit ihrer Fremdsprachenkenntnis nicht zu Rande kommt, vollführt sie Gesten.

Wir müssen gewisse Bauten studieren. Wir müssen Jahrhunderte besichtigen. Bevor sie untergehen. Ich mag ihre Munterkeit, aber ich bin zu müde, um zu antworten. Im Augenblick gibt es nur ein einziges Bild, das ich gern betrachte. Ich schaue die Freundin in ihrem roten Regenmantel an, wie sie mit dem Stiefel wippt und zum Blättern im Führer den Finger ableckt.

Eine Gondelfahrt steht auf ihrem Plan. Wir werden uns in Kissen gebettet durch die Kanäle rudern lassen. Unser Gondoliere wird ein schön gewachsener Mann mit offenem Hemd und eng gegürteter Schärpe sein. Die Bänder an seinem Strohhut flattern im Wind. Er singt. Und es ist eine Freude, ihn sich weit über das Ruder uns entgegendehnen zu sehen. So beugt sich ein Liebender, werden wir denken. Und ein wenig über unser Herzklopfen und das Aufflammen unserer Lust erschrecken.

Ich muss lachen. Die Freundin liest in mir wie in einem Buch. Aber nun sitzen wir auf Murano fest. Es wird kühl. Ich habe genug von der Stadt aus Glas, will nichts mehr sehen, nichts mehr hören. Mich in einem Dampfer ins Polster fallen lassen und zum Festland zurückkehren.

Möwen flattern über den bleiernen Grund. Ihr Geschrei, diese lang gezogenen windverwehten Klagelaute erinnern an eine unendliche Wasserfläche, die sich in der Einsamkeit verliert. Im Fluss schnappen Fische nach Mücken und fallen in die Algenbärte zurück. Der Lüster fällt mir ein. Und dass nach meiner Rückkehr ein neues Leben beginnen wird.

Hörst du die Schiffe? Es gibt sie doch. Eins bringt uns zum Festland zurück.

Lautlos gleitet ein Kahn unter dem Brückengewölbe durch. Im zusammengerollten Tau steht schwankend ein Hund, der zu uns heraufbellt. Der Kahn hat Äpfel, Orangen und Pfirsiche geladen. Wir folgen ihm zur Schiffsstation. Dort drängen sich zeternde Touristen am Fahrkartenschalter, ihr zerbrechliches Gepäck auf dem Kopf. Sie verlangen ein Extraschiff.

Es heißt, der Streik daure bis morgen.

Meine Freundin winkt den Obstkahn mit Geldscheinen heran. Und wirklich, der Schiffer dreht bei. Die Touristen donnern mit ihrem Gepäck über die Bohlen. Sie klettert als Erste an der Hand des Schiffers in den Kahn. Die Nachdrängenden schieben mich fort. Paarweise springen sie auf Apfel- und Pfirsichkisten. Der Kahn senkt sich unter der Last. Und der verzweifelte Schiffer bedeutet den Touristen mit bittend ringenden Händen, am Ufer zu bleiben. Doch seine Mahnung wird nicht befolgt. Die Menge drängt. Der Schiffer muss sie mit einer Stange zurückstoßen.

Meine Freundin sitzt mit pendelnden Beinen auf dem schwankenden Turm der Obstkisten, mein Glaspaket neben sich und kaut einen Apfel. Sie bedeutet mir, vom Ufer zu springen. Ich solle endlich kommen! Mit dem Glaspaket fegt sie einen Nachkletternden vom Früchteberg.

Das Geschaukel des ablegenden Kahns wirft die Passagiere gegen die Bordwand. Klirren von Porzellan ist zu hören. Trotzdem retten sich noch ein paar Verwegene mit einem Sprung vom Steg in die Pfirsiche. Aber die Freundin verteidigt meinen Platz mit Tritten und Puffen, das verrutschte Kopftuch schräg über einem Auge, die gehalfterte Tasche wie ein unter dem Mantel verstecktes Maschinengewehr.

Da Wasser in den Kahn einsickert, klammern die Schreienden sich an Taue, Ruder und Bohlen. Die Hilferufe der Abgeworfenen, ihr Spritzen, Prusten, Klatschen lässt die Touristen auf dem Steg verstummen. Einige knien sich hin, reichen den Schwimmenden die Hand und ziehen sie aus dem Wasser.

Der Kahn dreht ab und tuckert in Richtung des Festlands.

Addio amiga! Ich komme mit dem nächsten Schiff.

Ich bin gerührt, denn zum allerersten Mal hat ein Mensch mit Klauen und Zähnen für mich einen Platz freigehalten. Zum ersten Mal winkt jemand mich verzweifelt zu sich. Werde ich die Erwartungen meiner Freundin erfüllen? Werden wir uns zur Last? Ich bin eine Einzelgängerin. Zu lebenslanger Sehnsucht nach Gesellschaft verurteilt. Eine, die weinend durch Jahrmärkte schlendert. Ohne Ballon in der Hand. Und zuschaut, wie die Karussells sich drehen. Sie wird sich über mich ärgern. Sie schluchzt und schreit. So warst du schon immer! Und die Gletscher wachsen in meiner Brust. Irgendwann drehe ich wieder meine alten einsamen Runden.

Ich löse mich aus dem Heer blockierter, jammernder Touristen. Der Verlust meines Glaspakets ist zu bedauern, die schöne Lampe für meinen Flur, mein heiterer Empfang. Ich werde wohl für immer einen düsteren Durchgang passieren.

Langsam wandere ich zur Spitze des Stegs. Klagelaute von Möwen begleiten mich. Aber bald kann ich nur noch das Rammen des Wassers hören. Sein Atmen. Sein rauschendes Vor und Zurück. Seine Gewalt. Und ich, so winzig, schwer und nutzlos, schaue über das unendliche bleierne Meer.

Doch es ist nicht das Klagen der Möwen, das ich höre. Ich kenne dieses zeternde Geschrei, dieses Klatschen von Stiefeln. Die Freundin holt mich ein. Ich weiß es, ohne mich umzudrehen. Sie muss von ihrem Früchteberg gerutscht und ans Ufer zurückgewatet sein. Jetzt schlappt sie mit tropfendem Gepäck hinter mir her.

Ich bleibe stehen. Zeternd stampft sie zur Stegspitze, um einen Kahn zu suchen, der Platz böte für uns zwei. Sie stellt sich auf die Zehenspitzen und hebt die Arme in den Wind.

Dann, plötzlich Stille. Plötzlich Helligkeit. Im Saal hatte jemand Licht gemacht. Eine Stimme sagte: Wir schließen. Sie müssen jetzt gehen!

Der Wächter reichte mir die Hand. Und ich bin vom Stuhl geklettert, habe Tasche und Mantel abgeholt und bin gegangen. Beim Portal holte mich der Wächter ein. Sie haben etwas vergessen! Er hielt mir das Glaspaket entgegen. Überrascht, dass dieses tropfte.

Schwarze Witwen

Gestern war das Schaufenster des Waffengeschäfts noch nicht getrübt. Da sah man eine Hirschtrophäe über buntem Plastiklaub. Und Herbst mit Pappbäumen. Und zauberhafte Glasfäden, an denen Schwarze Witwen hingen, die leise im Luftzug der bewegten Ladentür schwangen. Und wer eintrat, konnte die gläserne Harfe vernehmen. Heute früh war das Schaufenster von einem Schleimpfropfen ausgefüllt. Die Verkäuferin verstehe das nicht. Umso mehr, als der Zugang zur Dekoration verriegelt ist. Sie habe den Laden als Letzte verlassen und die Tür hinter sich geschlossen.

Ich bin immer pünktlich, berichtet die junge Frau mit dem Namen Lia. Frühmorgens als Erste im Geschäft. Ich öffne, dies sind die Schlüssel. Robert verlässt sich auf mich. Nach einem Augenblick des Nachdenkens lächelt die Verkäuferin und korrigiert sich. Sie meint den Besitzer, Robert, ihren Chef. Ich bin, wir sind, schon seit Jahren.

Sie nimmt jeden Morgen den Weg durch die Ladengasse der Stadt, weil sie sich über das Angebot und die Schaufenster anderer Läden informieren will. Wenn sie den letzten Block erreicht hat, setzt das Glockenspiel ein. Sie bleibe einen Augenblick stehen und schaue zu, wie der König das Zepter hebe, ununterbrochen hebe er es ins Leere. Diesen Halt einberechnet, benötigt man zehn Minuten bis zum Waffengeschäft. Und heute habe sie von weitem eine Veränderung bemerkt. Als hätte jemand aufs kugelsichere Glas des Schaufensters gezielt. Aber die Scheibe ist ganz und die Trübung ist nicht im Glas. Beim Nähertreten habe sie bemerkt, dass ein Gespinst die Dekoration umhülle. Als hätten die Fäden sich zu einem Kokon verwoben. Und diese Wolkenkugel füllt nun das Schaufenster vom Boden bis zur Decke aus. Ob der Dekorateur ein Material verwendet hat, das sich bei Temperaturschwankungen verändert, vermag die Verkäuferin nicht zu sagen.

Der Waffenschmied sagt aus, dass er beim Anblick des Schaufensters erschrocken sei. Natürlich bleiben die Passanten stehen. Legen den Kopf schräg, spähen ins Innere des Gewölles, wollen wissen, was da im Waffengeschäft dem Blick entzogen wird.

Er habe das Ding nicht untersucht. Halte es nicht für ratsam, ins Schaufenster zu steigen, und lasse nicht zu, dass jemand anderer dies tue.

Ich kann den Zutritt zum Schaufenster nicht freigeben. Anordnung des Chefs. Vor kurzem habe dieser eine verschließbare Rückwand anbringen lassen. Dem Waffenschmied war befohlen, am Feierabend gleichzeitig mit der Werkstatt auch diesen Verschlag zuzusperren. Es war dem Chef wichtig, dass sein Waffenschmied und nicht Lia diese Aufgabe erledige. Das ist außergewöhnlich. Im Verkauf herrscht Lia. Eigentlich hat sie die Verantwortung für das Schaufenster, sein Arbeitsplatz sei die Werkstatt im zweiten Stock. Aber es sei nicht seine Gewohnheit, den Chef nach Gründen für Anordnungen zu fragen.

In letzter Zeit sind ein paar merkwürdige Dinge geschehen. Da war die Sache mit der Flinte. Sie lag im Schaufenster, halb von den Pappbäumen verdeckt, abgenutzt, zerkratzt und zerschlissen. Wir nahmen an, dass irgendein Kunde sie einfach in unsere Dekoration hineingeworfen hat. Auf solche Kundschaft könne man verzichten, fand der Chef.

Aber er war bedrückt. Ich kenne ihn seit zwanzig Jahren. Wenn der Chef vors Geschäft tritt und mit geschlossenen Augen tief die frische Luft einatmet, ist er bedrückt.

Die Lichtreflexe der Sonne, die über die Giebeldächer unseres Städtchens wandert, lässt die Dekoration lebendig erscheinen. Man glaubt, die Spinnen reckten ihre langen Beine am schwingenden Glasfaden. Vom Laden aus ist die Fabrik am Geleise zu sehen. Und dahinter ein bewaldeter Hügel. Dort kennt der Chef jeden Baum und jede Fährte. In diesem Wald hat er gejagt. Oder ist einfach nur dagesessen, im Fächeln des Winds, und hat aufs Seufzen der Tannen gelauscht. Heute findet er dazu keine Zeit. Muss Waffenscheine sortieren und Vorschriften studieren. Lia fragt dies und fragt das. Und wenn nicht sie, dann seine Frau. Oder Lieferanten, sein Treuhänder und ich, sein Waffenschmied. Ständig liege jemand dem Chef in den Ohren.

Er hat von einer Gegend geträumt, in der es nur Bäume gibt. Nur das Schweigen des Walds.

Da müsse sie lachen, wirft die Verkäuferin ein. Robert träumt nicht. Wenn er sich vor den Laden stellt, so hält er nach Käufern Ausschau. Er will sein Sonderangebot verkaufen. Ein durch und durch nüchterner

Mensch. Denkt nicht einmal groß nach, hantiert lieber mit Waffen, reinigt sie, poliert sie, kontrolliert Korn und Kimme. Seinen Schießkeller hat er eigenhändig ausgepolstert und dafür Tonnen von Gummimatten hinuntergeschleppt. Obwohl er solche Arbeiten dem Waffenschmied überlassen könnte. Ein Geschäftsbesitzer hat es nicht nötig, immer einen öligen, verschmutzten Lappen durch die Finger zu ziehen.

Ein wattiges Gespinst mit einem Jagdhut als Herz. Und wie man sehen kann, breitet die Kugel sich im Fenster aus. Eine Frage der Zeit, wann die Schaufensterscheibe in tausend Stücke zerbirst. Sie seien ratlos, sagen die Angestellten. Was soll der Zuhörer von Ihren Aussagen halten?

Es muss eine Erklärung geben, meint die Verkäuferin. Es gibt für alles eine Erklärung

Der Waffenschmied lässt sich mit der Villa des Chefs verbinden. Die Gattin weint. Ihr Mann hat die Nacht nicht zu Hause verbracht. Weder angerufen noch eine Nachricht hinterlassen. Fragen Sie Lia! Fragen Sie unsere Perle, wo mein Mann nächtelang bleibt. Schluchzend hängt die Gattin ein.

Den Blick zum Himmel schlägt die Verkäuferin ihre Hände zusammen, müde über den abertausendsten Vorwurf.

Robert konnte sich ja für diesen Kunstwald nie begeistern, erklärt Lia. Er wollte in seinem Schaufenster einen Herbst mit echtem Laub und einem echten Baumstrunk und einem ausgestopften Auerhahn. Mit Müh und Not konnte sie verhindern, dass er den Dekorateur rufe, um die Glasfäden mit den Spinnen zu entfernen.

Es gab eine Diskussion, erklärt Lia. Robert wollte wenigstens den Hirschkopf im Schaufenster haben. Was ich schade finde. Die übliche langweilige Jagddekoration. Da rief Robert seine Frau an. Sie war für den Hirsch. Und natürlich ist Robert sofort mit seiner Trophäe in die Dekoration gestiegen. Ich war wütend. Ich war empört. Ich bin nie mehr vors Schaufenster getreten. Es störte mich über alle Maßen, die hübschen Schwarzen Witwen leise vor den matten Augenknöpfen eines struppigen, mottenzerfressenen Hirschs an ihrem Glasfaden umherschwingen zu sehen.

Am meisten beunruhige ihn der Jagdhut mitten in diesem Gespinst, gesteht der Waffenschmied. Der Gämsbartschmuck an der Krempe ist deutlich zu erkennen. Das dunkle Trapez der aufgefächerten Borste in der knorrigen Halterung. Den Bart ziert eine silberne Eichblattfassung, auf die zwei Hirschzähne montiert sind. Er kenne nur eine Person, die einen solchen Hutschmuck trage. Sein Chef.

Wir verkaufen diese Hüte, wendet die Verkäuferin ein. Es gibt sic zu Dutzenden. Sie deutet zum schiefen Turm gestapelter Hüte. Dazu gibt es Lodenmäntel. Wir verkaufen sie im Sonderangebot.

Die Mäntel gehen gut. Der Sitz ist tadellos. Die Schwere des Stoffs und die Weite verleihen dem Gang des Trägers Gewichtigkeit. Er bekommt Lust, in diesem Mantel den Wald zu durchstreifen, wiegend wie ein Wipfel im Wind und mit der Farbe des Laubs verschmelzend.

Der Kanzlist unseres Städtchens erstand als Erster einen solchen Mantel. Wir waren alle überrascht, denn er ist nicht der Mann, der zur Kundschaft eines Waffengeschäfts zählt. Er wollte nicht auf die Jagd. Und ebenso wenig wollte er auffallen. Ein unscheinbarer Mensch im grauen Anzug, der im Gespräch die Aktentasche mit beiden Händen vor dem Bauch umklammert und gegen die Schenkel schlenkert. Oder sie sich als Regenschutz auf den Kopf legt und vor dem Gewitter in einen Laubengang flüchtet, dort die Tropfen mit dem Taschentuch sorgfältig vom Leder wischt, die Verkäuferin durch die Scheibe anlächelt und wartet, bis es zu regnen aufhört. Dann schaut er nach links und nach rechts und rennt mit seiner Aktentasche los. Immer muss unser Kanzlist rennen. Überall trifft er als Letzter ein. Beim Anblick dieses Gehetzten muss man unwillkürlich an den drangsalierten Beamten denken, der fünf Vorgesetzte erschoss, damit er endlich Ruhe habe.

Er sah komisch aus in diesem Lodenmantel, ein fremdartiger Vogel unter all den anderen grauen Beamten.

Er habe Lia ab und zu einen Blumenstrauß gebracht, fügt der Waffenschmied bei. Man muss wissen, dass es gewaltige Sträuße waren, die er mit schwingendem Arm wie eine Aktentasche durch unsere Kleinstadt trug. Und mit ruckartiger Bewegung streckte er sein Paket der Verkäuferin vor die Brust.

Der Kanzlist ist ledig, und der Chef musste die Gewaltssträuße seines Nebenbuhlers dulden. Immer stürzten Rosenköpfe zu Boden, wenn Lia das Papier aufschlug. Sie senkte ihre Nase in den Rest der Blüten und schaute dabei dem Chef in die Augen.

Eine Hexe, die Lia, bemerkt leise der Waffenschmied.

Der Kanzlist ließ seine übergroßen Hände eine Weile auf der Schulter unserer Verkäuferin. Und dann marschierte er hinaus. Verlangte nichts. Kaufte nichts. Hat sich nie auch nur für ein Schweizer Taschenmesser interessiert. Aber bei der Übergabe des letzten Gewaltsstraußes schmetterte der Chef einen Packen Mäntel so geräuschvoll auf den Korpus, dass der Kanzlist erschrocken seine Hände von Lias Schulter nahm und nach dem Preisschild an einem Mantel griff.

Übrigens vergaß der Kanzlist die Aktentasche, erinnert sich der Waffenschmied. Ich wollte sie hinterhertragen. Aber die Oberschüler, die jeden Tag vor dem Ladeneingang rauchend beieinander stehen, ihr Fahrrad als Schild gegen Passanten, konnten keine Angaben machen, in welche Richtung der Kanzlist gegangen war. Außerhalb ihrer Welt sehen und hören sie nichts.

Seit jenem Tag hat niemand den Kanzlisten gesehen.

Warum schaut ihr mich an?, fragt entrüstet die Verkäuferin. Vertilge ich Männer? Wo wird ein Beamter wohl sein, wenn nicht in seiner Kanzlei. Obwohl auch sie sich kaum vorstellen kann, dass der Kanzlist in Jagdausrüstung und Gewehr bei Fuß im Stadthaus Eheleute traut. Oder an einem der hohen, mit Stuck verzierten Kanzleifenster lehnend mit dem stählernen Lauf seiner Flinte der Flugbahn unserer Stadttauben folgt.

Wo bleibt der Waffenhändler? Er sollte längst im Geschäft sein. Der Zuhörer richtet den Schreibstift aufs Schaufenster, als möchte er im Gewölle herumstochern und das pochende Herz mit ein paar Hieben bloßlegen.

Robert war nicht immer auf die Sekunde am Treffpunkt, erinnert sich Lia. Seine Frau ja, die ist mindestens fünf Minuten zu früh an einem vereinbarten Ort. Wenn man mich fragt, ist sie nur deshalb zu früh, damit sie mit ausholender Geste ihre Armbanduhr vors Gesicht heben kann, wenn sie Robert kommen sieht. Ach, sagt sie, du hast dich von deiner Perle trennen können? Ich glaube es nicht, ich wollte schon die Polizei informieren. Ich dachte, Gangster hätten dich und Lia überfallen und plünderten das Waffengeschäft. Und während sie das sagt, führt sie zwei Fingerspitzen an die Schläfe und sucht nach einem Halt, um schon im nächsten Augenblick mit harten kurzen Schrittchen davonzustürmen, als verpasse sie den Zug. Zu Hause stellt sie fest, dass Robert den Hausschlüssel in der Tasche hat und sie schon wieder auf ihn warten muss. Vorwurfsvoll und gepeinigt hockt sie auf der Eingangstreppe und schlägt die Hand fort, die der Zusammengesunkenen auf die Beine helfen will.

Die Verkäuferin gibt zu, dass es in den letzten Tagen merkwürdige Vorfälle gegeben hat. Das ständige Klingeln der Glasharfe zum Beispiel. Selbst wenn die Tür sich nicht bewegte. Da war ein Geticke wie von unzähligen Pendeluhren. Einige Spinnen saßen auf den Plastikblättern. Sie müssen abgefallen sein, erschüttert vom Rollen des Donners in der Nacht. Ein Faden hatte sich im Geweih des Hirschs verfangen. Und die Schwarze Witwe haftete am Fell. Lia sei ins Fenster gestiegen und habe die Spinne abgelöst.

Man muss die Schwarze Witwe in der Hand halten, um ihre Schönheit zu erkennen. Ich besitze eine solche Witwe als Brosche.

Vielleicht sei Robert aber doch auf der Jagd, gibt sie nach einer Weile des Schweigens zu bedenken. Er macht, was er will.

Der Aussage der Verkäuferin sei nicht viel Gewicht beizumessen, meint der Waffenschmied. Zwar eine ehrliche Haut. Aber es gibt gewisse private Probleme zwischen ihr und dem Chef. Liebe am Arbeitsplatz. Die üblichen Schwierigkeiten. Lia kann das Kinn auf den Arm stützen und sagen: Ich wünsche zum Geburtstag, dass wir zusammenziehen. Den Kinderblick, den Hexenblick auf ihn gerichtet.

Was soll der Chef antworten? Lia schmiegt sich an ihn und sagt: Du erträgst diese Frau. Warum?

Es gibt Fragen, die nur ein Kind stellt.

Darum, antwortet er. Punktum.

Doch das ist keine Antwort, die unsere Verkäuferin gelten lässt.

Womit könnte der Chef sie zufrieden stellen? Er schmiedet Waffen wie ich. Er geht auf die Jagd. Er folgt einer Spur und wartet. Der Wind streicht durch die Wipfel, Zweige knacken, dann ist er Aug in Aug mit dem Wild. Ein Schuss peitscht durch die Stille. Er wirft sich das erlegte Tier auf den Rücken. Und später ritzt er das Fell von der Pfote bis zum Schwanz, zieht ihm die Decke ab und weidet den Kadaver aus. Das ist natürlich. Das hat einen Sinn.

Wir unterhalten uns, während wir Waffen zerlegen, schleifen und richten. Von Mann zu Mann. Der Wald, die Jagd, das Geschäft, die Frauen, das Wetter. Er war nicht unglücklich. Doch hingen auch keine Geigen in seinem Himmel, wenn Sie wissen, was ich meine. Er legte die Hand auf meine Schulter und sagte, ich könne froh sein, allein zu leben.

Jetzt ist der Chef in einem Alter, da andere Geschäftsinhaber ihre Nachfolgeregelung treffen. Er aber musste mit seiner Geliebten Wohnungen anschauen. Und ich musste für die Gattin Ausreden bereithalten. Lia ist jung und wünscht sich vom Leben ein großes Kuchenstück. Anders als unser Dekorateur, dem es genügt, lebendige Herbstwaldfenster zu gestalten. Anders als der Kanzlist, der eigentlich nur seine übergroßen Bürolistenhände auf Lias Arm ruhen lassen wollte. Und anders als ich, der ich lediglich aufstehen, gute Waffen schmieden und mich am Abend mit einem Apfel vor den Fernseher fallen lassen will.

In der Werkstatt zerlegte der Chef die Flinte, die wir in unserem Schaufenster gefunden hatten. Anhand der Seriennummer können wir den Besitzer eruieren. Wir fanden heraus, dass diese Waffe noch nicht verkauft war. Es handelte sich um eine unserer Flinten. Sie war neu, als der Dekorateur sie ins Schaufenster hängte. Jetzt war die Politur des Schafts wie von Säure geätzt. Die Schrauben lotterten und der Lauf war beschädigt. Es war uns ein Rätsel. Wir führen einwandfreie Ware und sind dafür weitherum bekannt.

Der Chef hat nach dem Dekorateur rufen lassen.

Was in der Werkstatt geschieht, interessiert mich nicht, sagt die Verkäuferin. Jetzt denken die Kunden an den Herbst, die Jagd, den Nachschub von Munition. Für das Waffengeschäft die umsatzreichste Zeit. Viel Laufkundschaft. Und so gut wie niemand zum Bedienen da. Was ihr anderseits angenehm sei, beflügelnd, ein

Gefühl, als gehörte ihr der Laden. Robert lasse ihr freie Hand. Bei schönem Wetter rolle sie die Ständer auf den Gehsteig. Aber dieser Herbst ist unbeständig. Sie müsse die Ständer immer wieder in den Schutz der Laube rollen. Das ist Zusatzarbeit. Ich renne den ganzen Tag. Zum Grübeln habe ich keine Zeit.

Der Chef hat dem Dekorateur Vorwürfe gemacht. Hat ihm eine nagelneue Flinte übergeben und jetzt war sie Schrott. Der Abgekanzelte war aufgebracht, stieg fuchtelnd und murrend ins Schaufenster und rupfte an seinen Glasfäden herum. Er muss sich lange im Herbstwald aufgehalten haben, denn der Waffenschmied und die Verkäuferin hätten den halben Nachmittag Munitionskisten umgeräumt, ohne dass sie den Dekorateur aus dem Schaufenster herauskommen sahen.

Später haben wir dann die Harzschnur an einem Kunstbaum bemerkt. Wir dachten, sie sei aufgemalt. Wie der Waffenschmied die Baumträne berührte, blieb sein Finger haften. Und da sah ich die Schnitte in den Pappbäumen und das Quellen von honiggoldenen Pfropfen. Tüten waren auf der Rückseite der Baumwunden aufgeklebt. Aus all unseren Bäumen perlte nun Harz. Ein neuer Trick unseres Dekorateurs, der sich von einem zum andern Mal überbot.

So duften die transsibirischen Wälder, sagte der Chef und wir atmeten den Tannenduft bei geschlossenen Augen.

Dann geschah die Sache mit dem Hirsch. Plötzlich hat eine Geweihgabel gefehlt. Wie mit der Trennscheibe oder Säge abgeschnitten. Der Chef hat sofort das Schaufenster kontrolliert. Danach ist er auf die Straße getreten. Als bräuchte er frische Luft.

Das Schweigen des Chefs hat mich alarmiert, berichtet der Waffenschmied. Ein Mensch, der eher flucht, stampft und die Faust auf den Ladenkorpus schmettert. Und jetzt starrte er draußen zum Himmel.

Die Verkäuferin lacht auf. Sie kennt Robert. Ihr Bild von ihm ist ein anderes. Robert bürstet einmal in der Woche das Fell von seinem Hirsch. Er poliert die Glasaugen und das Geweih. So ein inniges Verhältnis zu einer Trophäe sei ihr unbegreiflich. Dass er verstohlen die vertrockneten Nüstern eines ausgestopften Tiers streichle, das er getötet habe, erscheine ihr pervers. Ein abscheuliches Dekorationsstück, wenn man sie frage. Der Geruch nach vergilbtem Stopfmaterial, vertrocknetem Leder und roher Gewalt. Sie versprüht literweise Tannennadelduft im Laden.

Der Waffenschmied wehrt mit der Hand ab. Lia übertreibt.

Sie widerspricht. Ich schaudere beim Gedanken an den Hirsch. Seine Glasaugen sind von langen, harten Wimpern verhangen und erinnern mich an Roberts Frau. Und dann muss ich mit ansehen, wie mein Liebhaber zu diesen Augen aufschaut wie ein Bub. Als erwarte er Befehle oder Schelte oder einen Ausweg für unsere verfahrene Situation.

Ich bin anders, erklärt Lia. Ich plane. Und fasse ich einen Entschluss, dann ziehe ich ihn durch. Wenn ich das Lager umräumen und die Regale beschriften will, dann können weder Robert noch der Waffenschmied, noch ein Anflug von Müdigkeit mich daran hindern.

Und will ich eine Wohnung anschauen, dann gleich und auf dem kürzesten Weg. Doch Robert wird von einem plötzlich daherwehenden Kaffeeröstduft ins nächstbeste Bistro gelenkt. Er kommt immer vom Weg ab, statt dass er ans Ziel gelangt. Es sei ihrer Meinung nach ein Unterschied, ob die Stunden des Tags vom Menschen geschaffen würden oder ob der Tag einfach nur ablaufe. Und natürlich macht es mich wütend, dass seine Frau, sein Hirsch, ein Kaffeeröstduft oder sonst was Beliebiges über Robert bestimmt. Dass er dies zulässt.

Irgendwann duftete dann auch der Laden wie ein Wald, berichtet der Waffenschmied. Als wären wir mitsamt unseren Regalen, Kleiderständern, Gewehrkästen, Fernsichtgeräten, Gummistiefeln und dem Packtisch in eine Waldlichtung versetzt, wo frisch gesägte Holzstämme lagern, Beeren reifen und Insektenschwärme in den Lichtstaubbündeln der Sonne tanzen. Und die Schwarzen Witwen wehten an ihrem Faden im Hauch unseres Atems. Die Spaziergänger näherten sich dem Schaufenster und schauten durchs Rohr ihrer Hände. Das ist seltsam. Diese Anziehung. Wie die wippenden Spinnen die Leute bannen. Wir konnten zufrieden sein. Der Waldduft lockte Kundschaft an. Lia war pausenlos am Bedienen.

Aber der Chef war verwirrt, hockte in der Werkstatt, zog den Öllappen durch die Finger und starrte auf den Wandkalender.

Der Altersunterschied zu Robert ist mir früher nie aufgefallen. Doch wie ich ihn dann vor seinem mottenzerfressenen Hirsch in Andacht dastehen sehe. Und er fast heult über den Verlust von einem knöchernen Zacken. Lieber Mann, das öffnet dir die Augen! Was der Gattin nie gelungen wäre, all ihren Schikanen zum Trotz. Die spioniert uns ja immer nach. Ruft mehrmals am Tag an. Irgendeine Nichtigkeit. Und sie hat für unpassende Augenblicke etwas wie einen sechsten Sinn. Das Telefon läutet, wenn ihr Mann mich hinter dem Regal in die Arme nimmt. Lass es klingeln, Robert! Aber er rennt. Schatz, was gibt's? Doch sie will nur seine Stimme hören und das schwere Atmen, weil er gerannt ist. Und sie erkundigt sich nach mir, seiner Perle. Ob ich rackere. Ob ich auf seinen Knien schaukle.

Oder aber sie haucht etwas ins Telefon wie: Die Hitze macht träge, macht traurig. Man möchte in den Swimmingpool weinen.

Diese Person weiß genau, dass Robert ihren Gedankengängen nicht folgen kann. Ein Mann, der noch nie einen Gedankenblitz gehabt hat. Und natürlich macht es mich wütend, denn Robert sieht in solchen Augenblicken ganz betreten aus. Er legt dann immer die Hand über die Sprechmuschel und flüstert, dass Leute da wären, dass wir am Bedienen seien, dass sie später anrufen solle. Und dann hat er den Einfaltsblick von seinem Hirsch.

Es schienen plötzlich mehr Schwarze Witwen an Glasfäden zu schwingen. Mich ekeln Spinnen, gibt der Waffenschmied zu. Ich wundere mich, dass unsere Kunden nicht weggeblieben sind. Das Gependel und Gekrabbel und Gerecke schwarzer Beine war ja selbst von der gegenüberliegenden Straßenseite zu sehen.

Mit dem Taschentuch habe er eine Schwarze Witwe abzulösen versucht. Aber das Tuch entfiel mir. Es wurde mir regelrecht aus den Fingern gerissen.

Es werden mehr, Chef. Mit jedem Wort, das wir verlieren. Jeder Flinte, die wir in der Werkstatt kontrollieren. Die Brut quillt aus dem Fenster. Bald nehmen die Schwarzen Witwen vom Laden Besitz.

Statt zu antworten, habe der Chef die beschädigte Flinte des Dekorateurs in den Schraubstock gespannt. Er hat mich nicht einmal angeschaut. Ich habe mich gefragt, warum ich hier bin. Warum ich mich um fremde Angelegenheiten, Schaufenster und Waffen kümmere.

Am nächsten Tag lag der Gewaltsblumenstrauß des Kanzlisten auf dem Ladentisch. Lia wollte wohl ihren Liebsten ärgern. Ich bin Zeuge vom Auf und Ab dieser Beziehung, ob ich will oder nicht.

Er rede mit seiner Frau, hat der Chef zu Lia gesagt. Ich werde reden.

Wann?, hat Lia gefragt. Morgen? Und ihr Geblätter in den Lieferscheinen hörte sich an wie ein scharfer Wind.

Als ich am Feierabend den Verschlag des Schaufensters verriegle, bemerke ich vor meinen Füßen einige Blumenblätter. Ich schaue in der Herbstdekoration nach. Und da entdecke ich zwischen den Spinnen die Reste der Zellophanhülle des Floristen. Vom Strauß ist nichts mehr vorhanden. Die Witwen haben die Blumen mit Stumpf und Stiel gefressen.

Kennen Sie das Verhalten dieser Tiere?, fragt er den Zuhörer. Die Witwen fressen das Männchen nach der Begattung auf. Futter für die Brut. Aber dass sie Blumen fressen? Vielleicht handelt es sich um eine besondere Art. Vielleicht wurden ihre Gene in einem Labor manipuliert. Wir wissen nicht, was uns der Dekorateur da ins Haus geschleppt hat. Eine Ausgeburt seines Künstlerhirns, wenn man mich fragt. Die groteskeste aller Herbstwaldideen.

Wer hat den Strauß von Lias Verehrer achtlos in den Verschlag geworfen?, fragt man sich. Einer, der das Fressverhalten der Spinnen kennt, sagt man sich. Der sich der Schwarzen Witwen bedient.

Lia erinnert sich. Ich habe meine Blumen im Laden, im Schießkeller und in der Werkstatt gesucht. Eben lagen sie noch auf dem Ladentisch. Kaum verhandle ich mit Kunden, sind sie nicht mehr da. Ich habe Robert gefragt. Doch der stand schweigend vor seinem Hirsch. Und hat in dessen Kalbsaugen gestarrt, als wüssten sie die Antwort auf die allerletzten Fragen. Er hat mich gar nicht beachtet.

Mir fiel ein, wie aufgebracht er gewesen war, als dem Hirsch ein Zacken fehlte. Ich dachte, mir könnte alles fehlen, alles verloren gehen, Robert kümmert es nicht.

Danach war der Kanzlist noch einmal mit Blumen da, erinnert sich der Waffenschmied. Er sei mit dem schwingenden Strauß und seiner Aktentasche an der Fensterfront patrouilliert, als schiebe er Wache. Ging auf ab auf, ohne Eile, ohne Ziel, immer auf demselben Fleck wendend und mit demselben Fuß den Rückweg antretend, wobei er durch die Gewehrläufe in den Laden hereinstarrte, um am bestimmten Punkt von neuem zu wenden und seine Schrittzahl abzuwandern. Lia blickte viel sagend über die Regale.

Plötzlich sei ein Gewitter losgebrochen. Aus dem Blauen heraus. Auf der Straße ist alles gerannt. Und die Verkäuferin hat die Kleiderständer vom Gehsteig geholt. Der Kanzlist hat sich untergestellt. Und als der Platzregen aufhörte, wanderte er wieder dem Schaufenster entlang, langsam an der Sonne trocknend. Er wollte nichts kaufen. Er hatte keine andere Absicht, als Lia zu sehen. Und eine Weile die Hand auf ihren Arm zu legen.

Die Verkäuferin blättert im zurückgelassenen Taschenkalender des Chefs und meint, dass der Kanzlist lediglich das Schaufenster betrachten wollte. Das tun viele. Manche warten einfach an unserer Ecke und vertreten sich die Beine. Wurden wahrscheinlich von der Gattin hierher bestellt. Ich glaube, manche dieser armen Kerle haben keine Ahnung, aus welcher Richtung ihre Frau dann daherschlendern wird, und getrauen sich nicht, ihren Standort zu verlassen. Die Gute könnte ja jeden Augenblick von irgendwo herbeistürzen, atemlos, erhitzt, in Stößen die Ereignisse schildernd, die einen Gang hierhin und dorthin erfordert hatten. Wenn der arme Kerl sich nach Osten wendet, taucht die Frau im Westen auf. Geht er nach Norden, so eilt sie aus dem Süden herbei. Solche Männer wenden sich immer in die falsche Richtung. Robert ist genauso.

Den Waffenschmied beunruhigen die Vorfälle. Für das sauber abgetrennte Geweih gibt es keine Erklärung. Der Schnitt kann nur mit Hilfe einer Säge zustande gekommen sein. Jemand stieg demnach ins Schaufenster. Aber wozu? Um die Trophäe zu beschädigen? Wer könnte einen Grund haben, das zu tun? Es hat im Laden nichts gefehlt. Nicht einmal ein Taschenmesser. Das Waffengeschäft ist gut gesichert. Siebenfaches Panzerglas, Securitaswache rund um die Uhr. Da dringt niemand ein. Und jeder kennt jeden in dieser Stadt. Wenn ein Unbekannter auftaucht, dann fragt man, was will er, warum kommt er, was hat er hier zu suchen. Bewunderer von Waffen werden aufmerksam beobachtet. Die Verkäuferin bedient keine Minderjährigen. Das ist in unserem Geschäft Gesetz. Lia ist sehr exakt. Sehr aufmerksam.

Sie müsse befragt werden.

Wenn jemand Auskunft geben kann, dann sie. Jede Kleinigkeit erweckt ihr Interesse. Selbst die Spinnen in unserem Fenster. Sogar das Aufblitzen von etwas wie einer Spinne. Schon stürzt Lia darauf zu. Und sie, gerade sie, will die rasche Vermehrung der gefräßigen, lebenden Herbstdekoration nicht bemerkt haben? Will keine Erklärung für das abgetrennte Hirschgeweih haben? Eine Frau, die in jedes Mausloch schaut?

Am meisten entsetzte ihn die Blutspur, die er kürzlich auf dem Plattenboden fand. Natürlich kommt es vor, dass ein Jäger mit Blut an den Kleidern das Waffengeschäft betritt. Aber zu dieser frühen Stunde war noch kein Kunde da. Wir sind der Spur nachgegangen. Sie führte zum Schaufenster. Lia war eher belustigt als entsetzt. Man habe sie in Strümpfen in die Dekoration geschickt. Die Glasfäden wie einen Vorhang zur Seite schiebend, hat sie sich durchs Gespinst gearbeitet. Sie fand die zersplitterte Brille des Dekorateurs. Und Blut.

Lia lacht. Was ich fand, waren ein paar Spritzer in der Farbe von Ochsenblut. Wir haben einen ausgezeichneten Dekorateur. Dieser Einfall hat selbst Robert überrascht.

Dem Waffenschmied sei als Erstem aufgefallen, dass der Schöpfer des Herbstwalds schon eine Weile nicht mehr vorbeigekommen war. Er war ein wenig in Lia verliebt und fand immer einen Grund für einen Besuch im Waffengeschäft. Er konnte sich an seinem Werk nicht satt sehen. Seine Stimme überschlug sich vor Aufregung, wenn ich ihm den Verschlag des Schaufensters öffnete.

Merkwürdig, dass er nicht mehr kommt! Das fand auch der Chef.

Der Verkäuferin sei sein Ausbleiben nicht aufgefallen. Er wird in den Ferien sein. Wie soll ich den Typ beschreiben? Ein einfallsreicher Mensch, aber äußerlich hat er nichts von einem Künstler. Im Gegenteil. Ein Dutzendgesicht, grauer Anzug, unauffälliges Verhalten. Bis auf die eitlen, nicht zu unterdrückenden Ausbrüche seiner Begeisterung. Was ist mit ihm? Wird er vermisst?

Im Kalender des Chefs finden sich keine Eintragungen für den heutigen und die folgenden Tage. Das sei ungewöhnlich. Er hat jede Besprechung, jedes winzige Vorhaben, sogar den Zahnarztbesuch seiner Frau notiert.

Zum Verschwinden von Kunden will die Verkäuferin keine Stellung nehmen. Männer gehen auf und davon! Kaufen Zigaretten oder einen Jagdhut. Und dann verschwinden sie aus dem Leben der Angehörigen. Menschen, die nie einen Entschluss gefasst, nie eine Entscheidung getroffen haben, entledigen sich im Waffengeschäft ihrer alltagsgrauen Kleidung, um danach als Jäger samt ihrer Flinte und Gerätschaft zu verschwinden.

Zudem sei sie in den letzten Tagen sehr beschäftigt gewesen.

Der Waffenschmied bestätigt ihre Aussage. Eine überaus tüchtige junge Frau, zupackend, mitdenkend, als wär's ihr Geschäft. Man kommt sich neben Lia alt und schlaff und schwerfällig vor. Wer wie ich tagtäglich sieht, wie die Kleine mit Packen von Jagdkleidern im Arm durchs Geschäft rennt, weiß, was ich meine. Da fliegen die Fetzen.

Der Chef wurde von Lias Spinnenbrosche ins Auge getroffen.

Robert steht ja immer im Weg, braucht ja immer eine Weile, um einen Vorgang zu begreifen. Bis er merkt, dass Kunden im Laden zu bedienen sind oder dass es regnet und Kleiderständer ins Trockene zu bugsieren sind. Bis ihm etwas unter die Haut geht. Ich habe Glück gehabt, dass mein Schmuckstück nicht zerbrach, als ich gegen Robert stieß. Er rieb sein tränendes Auge mit dem Fingerknöchel, ehe er umständlich die Brille aufsetzte.

Das Ding im Schaufenster wächst. Eine Art Wollkugel, die alles in sich aufnimmt. Die Schwingung eines Spinnenfadens genügt, damit sie sich in Bewegung setzt, ihr Glasgefängnis durchbricht, um sich über Zuhörer und Redende zu wälzen. Alles löschend, den Tatbestand, die Zweifel, die Erklärungen, Wort für Wort. Denn Geschichten hängen von der Laune eines Windhauchs ab.

Ich wollte, ich hätte nichts mit dieser Geschichte zu tun, meint der Waffenschmied. Am Tag, da wir die Blutspur fanden, schepperte in der Werkstatt ein Gewehrbolzen zu Boden. Ich habe mich gebückt. Und da bemerkte ich den bloßen Fuß des Chefs. Seine Socke war aufgerissen und die nackte Ferse von blutigen Punkten übersät. Wie von unzähligen Bissen. Der Chef hat den Fuß unter dem Tisch zu verbergen versucht. Wir haben nie darüber gesprochen. Ich bin vielleicht nur ein Klotz. Aber ich weiß, wann ich schweigen muss.

Das Verschwinden von Leuten lässt mich nicht kalt. Den Dekorateur kenne ich seit zwanzig Jahren und der Kanzlist war mein Dienstkamerad. Der Trottel unseres Zugs. Die Kompanie hat über ihn gelacht. Ich gäbe viel darum, wenn er gestern nicht wie ein brünstiger Hirsch durch unser Schaufenster gestarrt hätte. Sollte ich dem Chef einen Wink geben? Oder tun, als sehe ich seinen Nebenbuhler nicht? Als lebe ich nur für treffsichere Waffen, die das anvisierte Objekt mit einem einzigen Schuss zerfetzen?

Der Chef hat einen Kleiderpacken auf den Ladentisch geknallt, so dass der Kanzlist die Hand von Lia nahm und ins Sonderangebot griff. Er zog den Jagdmantel an. Es gibt diesen Mantel in Einheitsgröße mit zahllosen Taschen, damit der Weidmann Munitionsbüchse, Proviant, Feuerzeug, Hirschhornmesser oder Jagdhorn mit einem Griff herausholen kann. Im Rücken öffnet sich eine Quatschfalte. Sie gibt dem Mantel Weite. Der Kanzlist hat sich in dem Mantel vor die Eingangstür gestellt und im Glas gespiegelt. Er ging vor und zurück. Bei jedem Schritt schwang der Wollstoff zur Seite. Er muss sich gefallen haben, unser Kanzlist.

Plötzlich steht Lia neben ihm, greift von unten in den Mantel, zieht am Futter und schüttelt den zerdrückten Stoff auf. Dann wirbelt sie ihren Bewunderer herum. Der dreht sich schwerfällig, klopft mit den flachen

Händen an seine Brust und lässt den Mantel um die Beine schwingen. Wie ein aufgezogener Bär.

Der Chef ließ kein Auge von dem Paar in der Laube.

Lia führte erst den einen, dann den andern Zipfel zwischen den gespreizten Knien ihres Kunden durch, um den Knopf in die Stofföse zu winden. Und weil dieser Staatsbeamte den Umgang mit dem Stoffteil nicht begreift, musste sie sich von neuem zwischen seinen Beinen zu schaffen machen.

Er ließ sich mit ausgebreiteten Armen einschirren, tat einen Schritt vor oder zur Seite, ganz wie Lia es wünschte, und sie werkelte an ihm herum. Er war eine Art Teig. Gab hin und wieder ein zustimmendes Brummen von sich. Hob das rechte, dann das linke Bein, damit sie die Stiefel überziehen konnte. Und damit er nicht den Stand verlor, stützte er sich auf Lias Hüfte.

Der Chef wirkte verstört. Er sah sich wohl selber als Lias Aufziehbär. Und wohl auch als Aufziehbär von seiner Frau. Zupackende Frauen haben etwas Unheimliches. Nehmen dir alles aus der Hand, sind an tausend Orten zugleich und schubsen dich, denn du stehst immer im Weg. Im Herbeieilen stellen sie Fragen und im Davonfliegen verlangen sie Antwort. Bringen den gutmütigsten Kerl dazu, brüllend alles vom Tisch zu fegen, den Bleistift zu zerbrechen und darauf herumzutrampeln. Während sie schweigend dastehen mit hochgezogener Braue, glatt, kalt und verächtlich.

Der Chef legte die Flinte an. Und nahm eine Schwarze Witwe ins Fadenkreuz.

Der Waffenschmied schaut dem Zuhörer in die Augen, als forsche er darin nach einem Funken Verständnis, ehe er weiterspricht. Wenn meine Geliebte mich vor Angestellten oder Kunden zum Gespött machte, würde ich es nicht ertragen. Mir würde siedend heiß. Aber an einem bestimmten Punkt würde ich ruhig, nüchtern und eisig. Und dann wäre ich gleichgültig. Das ist das Ende der Beziehung. Ich war nie verheiratet, erklärt der Waffenschmied. Ich bin immer zurückgeschreckt vor diesem Schritt. Aber ich konnte an meinen öligen Fingern abzählen, wie es um die große Liebe des Chefs steht. Dass sie vorüber ist. Ich kann ihn direkt sehen, wie er frühmorgens die Vorhänge im Schlafzimmer aufzieht, um den Himmel anzuschauen. Und dann überlegt er den Satz, der alles ändern könnte zwischen ihm und Lia und seiner Frau. An trüben Tagen zieht er die Vorhänge gleich wieder zu, damit seine Frau nicht in den düsteren Morgen erwacht.

Für unsere Verkäuferin ist alles einfach. Entweder – oder. Heute oder nie. Sie teilt dem Liebsten mit, dass sie seine Frau anrufe, und hebt den Telefonhörer ab. Sie möchte eine Lösung. Will ihr den dumm dreinschauenden Hirsch zeigen. Sie ins Herbstfenster zu den Schwarzen Witwen bugsieren. Der Liebste packt Lias Handgelenk. Sie schreit, die eiserne Klammer zerdrücke ihr die Knöchel. Beim Anblick ihrer Spinnenbrosche lässt er ihr Gelenk los und setzt sich mit zitternden Knien vor den Ladentisch, erschöpft vom Streit.

Und dann kreuzt ein Kanzlist mit übertrieben großen Blumensträußen auf und lässt sich von der Geliebten zeigen, wie man die Saumzipfel des Innenfutters bei Schnee und Kälte um die Schenkel zurrt.

Lia entfaltet ihr Sonnenblumengesicht. Und der Chef muss zuschauen!

Robert wird mit seinen Fingern auf den Ladenkorpus getrommelt haben, meint lachend die Verkäuferin. Ich kann ihn direkt sehen. Eine merkwürdige Angewohnheit für einen Ladenbesitzer. Aber ich höre gar nicht hin. Zufriedene Kundschaft, nur das zählt.

Dem Waffenschmied seien die merkwürdigen Vorfälle nicht aus dem Kopf gegangen. Mitten in der Nacht sei er aufgewacht. Habe an die Spinnen im Schaufenster gedacht, überall diese Spinnen gesehen. Er habe nicht begriffen, dass Lia die Witwen schön findet. Ihr gegenüber verhielten die Tiere sich ruhig, schwangen am Glasfaden und brachten die Harfe zum Klingen. Als hätten sie sich verbündet.

An einem Morgen habe er heimlich mit dem Gewehrstock das Plastiklaub etwas zur Seite geschoben. Und dann entdeckte ich eine Schwarze Witwe, die haarigen Beine gepudert vom Knochenmehl.

Der Chef und ich haben nie darüber gesprochen. Wir haben überhaupt immer seltener miteinander gesprochen. Er hat in die Luft gestarrt. Verspürte wohl mehr denn je Lust, den Tag im Wald zu verbringen, im Schattengitter der Tannensäulen. Er wollte einfach übers verrottende Laub schreiten, begleitet vom Gebell eines Hundes. Spüren, wie unter dem eigenen Tritt der Waldboden erzittert. Ein Geräusch sein, vor dem das Wild sich ins Dickicht flüchtet und die Vögel in die Wipfel fliegen.

An einem Morgen hat dann die ganze Geweihkrone unseres Hirschs gefehlt. Nur Stümpfe waren noch da.

Der Chef ist im Laden auf und ab gegangen. Auf und ab.

Er hat vielmehr herumgeschrien, korrigiert die Verkäuferin, mit seinen Gewehrfettfingern immerzu auf seinen einfältigen Hirsch deutend.

Man muss sein Entsetzen verstehen, meint der Waffenschmied. Es ist sein Hirsch. Erlegt mit einem einzigen Schuss. Wie oft stand der Chef mit gegrätschten Beinen vor seiner Trophäe, die Hände auf dem Rücken verschränkt. Als ob er Zwiesprache halte. Es gibt Fotos von ihm und dem erlegten Hirsch. Die Jäger haben ihm den Abschuss dieses kapitalen Tiers geneidet. Jeder war hinter ihm her, alle haben ihm nachgestellt. Aber der Chef war in der richtigen Lichtung im richtigen Augenblick, ein zielsicherer Jäger.

In Wahrheit mag er Tiere, mischt die Verkäuferin sich ein. Robert hat Mühe, ein angefahrenes und wehrlos ihm zu Füßen liegendes Tier zu töten. Nähe lähmt. Der Jäger benötigt Distanz, um nichts für sein Opfer zu empfinden.

Das Auflachen des Waffenschmieds lässt Lia verstummen. Gut, dass sie nie mit dem Chef auf der Jagd gewesen ist. Sie, die nicht einmal in einer Filmszene erträgt, wenn ein Raubtier die Reißzähne in ein Opfer schlägt. Lia würde übel beim Anblick eines Kadavers, den der Schuss einer Flinte zerfetzt, die sie in unserem Geschäft so beredt zum Kauf anpreist. Denn was vom zottigen Fell tropft, das ist keine Theorie, sondern Blut.

Die Verkäuferin stampft leise mit dem Fuß. Robert ist nie mehr zur Jagd gegangen. Basta! Dafür fehlte ihm die Zeit. Das konnte ich an einer Hand abzählen, dass er kein Ehemann, Geliebter und Jäger sein kann.

Der Waffenschmied berichtigt. Die Wahrheit ist, dass Lia bettelte und flehte, bis der Chef das Jagen unterließ. Sie wollte die einzige Beute sein. Das einzige Objekt in seinem Visier.

Im Kalender des Chefs ist der gestrige Tag angekreuzt. Ein W ist daneben gekritzelt. Wofür soll dieser Buchstabe stehen? Der Name seiner Frau beginnt mit A. Und die wichtigen Vorhaben in Roberts Kalender beginnen mit L. Aber sie wisse nicht alles. Die Gattin sei zu befragen. Vielleicht gibt es ja noch eine Dritte im Bund, eine mit dem Anfangsbuchstaben W.

Ich glaube, der Chef hat sich mehr denn je nach der Frische des Waldes gesehnt. Es gibt diesen wunderbaren Ort, aber man verbringt die eine Hälfte des Lebens mit nichts sagenden Geschäften und die andere mit Warten. Er erwähnte einmal die transsibirischen Wälder. Dass sie unglaublich weit seien. Dort kann ein Jäger sich verlieren. Das W könnte für WALD stehen. Das macht einen Sinn. Das Brüllen des Winds, sagte er, klinge ihm schöner als das Flüstern eines Frauenmunds. Vielleicht hat er diesen Satz gelesen. Ich weiß genau, was er meinte.

Und dann haben wir zusammen geschwiegen.

Wir atmeten den Waldduft unseres Ladens. Er war betäubend. Vermischt mit dem säuerlichen Duft von Walderde, Moos und Farn. Da der Chef nicht mehr in den Wald gehen konnte, kam der Wald nun zu ihm.

Zufällig stand ich in der Nähe des Schaufensters und vernahm das Summen wie von einem Insektenschwarm.

Als ich nachsah, kämpften zwei Spinnen um mein Taschentuch, das mir entglitten war. Jede zog an einem Stoffende. Sie wankten vor und zurück, bis das Tuch riss. Dann machten sie sich über ihre Beute her. Sie fraßen den Fetzen vor meinen Augen bis zum letzten Faden auf.

Es gibt keine Rätsel, erklärt die Verkäuferin dem Zuhörer. Es gibt nur das Brett vor dem Kopf des grauen Mannes.

Der Waffenschmied widerspricht. Lia war viel zu beschäftigt, um solche Vorgänge zu bemerken. Und in Wahrheit hat sie keine Ahnung vom Chef.

Ein Hut mit Gämsbart gehört zu dem Lodenmantel. Gewöhnlich überredet die Verkäuferin den Kunden, sich den Hut aufzusetzen, den sie vor seinen Augen auf den Fingerspitzen tanzen lässt. Sie bläst über den angehefteten Gämsbart. Und meistens lassen sich die Kunden dann den Filzhut aufsetzen. Nur so zur Probe!

Der Chef und ich kennen Lias aufmunternden Blick, dieses Maßnehmen. Aus den grauen Typen, die es aus dem Passantenstrom in Lias Arbeitsbereich spült, werden Weidmänner. Sie redet und redet. Bis der Typ in ihren Fängen nicht mehr ein und aus weiß. Eine vollkommene Verkäuferin, sage der Waffenschmied immer zum Chef. Und der gibt jedes Mal zur Antwort: Die Beste! Man muss im Grunde die Männer bedauern, die an unserer Ecke auf ihre Frau warten. Man hofft dann immer, dass diese bald käme und dem Ganzen ein Ende setze.

Man macht sich natürlich ein Bild vom Entsetzen einer Frau, die am Treffpunkt einen Jäger vorfindet.

Aber Frauen fassen sich schnell. Brechen in Gelächter aus und schütteln ihre Pakete in Richtung des kleinen Tirolerhuts auf dem Birnenschädel des Gatten. Der Ehemann als Clown. Lachend kippen sie ans Schaufenster. Und ruhen nicht, ehe sie den Jäger ausgeschirrt haben. Und dann nehmen sie den grauen Typen bei der Hand.

Die Aussagen der Angestellten verwirren. Der Zuhörer starrt durchs Schaufenster ins Ladeninnere. Kunden verschwinden. Der Waffenhändler ist untergetaucht. Die Verkäuferin hatte mit ihm ein Verhältnis. Die Gattin in ihrer Villa weint die Augen aus.

Die?, sagt spitz die Verkäuferin. Roberts Frau ist über jeden Schritt orientiert. Gestern hat sie sich im Laden aufgehalten. Es muss um die Mittagszeit gewesen sein. Ich war in der Pizzeria. Als ich zurückkehrte, duftete der Laden nach dem Parfum der Seinigen. Moschus und Sandelholz.

Was wollte die Deinige? Sie habe Robert freiheraus gefragt. Aber er hat nicht den Mut gehabt, diesen Besuch einzugestehen. Nur die Hände gehoben, wie der Glockenspielkönig sein Zepter unentwegt in die Leere hebt und senkt.

Der Waffenschmied erinnert sich, dass die Verkäuferin nach ihrer Spinnenbrosche suchte. Sie leerte ihre Tasche auf den Ladentisch und fuhr durch ihre Schminkutensilien, Schlüssel, Pillen- und Puderdöschen. Und da bemerkte der Waffenschmied das Schweizertaschenmesser mit der Säge. Ich dachte sofort ans sauber abgetrennte Geweih des Hirschs.

Robert hat die Spinne an meinem Pullover gehasst. Und dass ich uns eine Wohnung suche. Und Klarheit will. Er wünschte nichts weiter, als dass ich im Laden Tannenduft versprühe, damit er auf Schritt und Tritt Waldluft schnuppern könne.

Wo ist die Schwarze Witwe?, habe ich ihn gefragt. Trägt sie deine Frau? Ich rufe sie an, Robert, habe ich gesagt. Ich rufe die Deinige an. Hier spricht die Perle. Ich verlange, was mir gehört. Und zwar jetzt. Und gleich.

Aber er? Nicht zu fassen. Nicht zu verletzen. Wippt auf den Fußspitzen vor seinem geweihlosen Hirsch.

Als niemand im Laden war, stocherte der Waffenschmied mit einem Jagdmesser im Plastiklaub. Und plötzlich baumelte nur mehr die Lederschlaufe an seiner Hand. Die Schwarzen Witwen hatten die Klinge aufgefressen, samt Hirschhornschaft und Schnalle. Und jetzt machten die Tiere sich über die Hülle her, saugten sich wie Schröpfgläser im Leder fest.

Ich dachte, ich träume. Ich bin einer Illusion unseres Dekorkünstlers verfallen. Mit einem Stock habe er den Schaufensterboden nach etwas wie einem Sensor oder einer Art versenkbarem Theaterboden mit technischen Geräten und einer Geheimtür abgeklopft. Doch er fand nicht einmal eine Ritze in der Filzbespannung. Was in den Verschlag fällt, wird im Gewölle aufgelöst. Zum Beispiel jetzt dieser Hut mit Eichblatt und Hirschzahnschmuck.

Da der Wald duftete, verlangte der Chef keine Änderung des Herbstschaufensters. Er war auffallend wortkarg. Den Dekorateur hat er nie mehr erwähnt. Seit die Witwen ihm den Schuh vom Fuß gefressen hatten, wusste er, dass der Dekorateur Lia niemals wieder eine Herbstidee in den Kopf setzen würde. Er mochte die

Spinnen nicht. Aber er bekämpfte sie auch nicht. Gelegentlich holte er den Abfall aus der Werkstatt und brachte den leeren Behälter zurück. Einmal bin ich ihm gefolgt. Er schüttete den Abfall in eine Ecke des Schaufensters, um alle Spinnen aus dem Wald zu locken. Als sie fraßen, schwang er sich in die Auslage, tat ein paar Schritte im Kunstwald, atmete tief den Harzgeruch ein und kehrte in den Laden zurück.

Der Dekorateur kann sich nicht in Luft aufgelöst haben. Auch nicht der Kanzlist. Das ist die Überzeugung der Verkäuferin.

Der Waffenschmied wird jenen letzten Besuch seines Dienstkameraden nicht vergessen. Er war eine ganze Weile da. Lia hat sich ausschließlich mit ihm beschäftigt. Sie schloss unentwegt Knöpfe, schirrte dem Kanzlisten einen Gurt um die Hüfte und steckte Patrone um Patrone wie Goldstücke in die Lederhülsen.

Der Chef und sein Waffenschmied haben dem Treiben zugeschaut. Lias Lächeln erinnerte an eine Sambatänzerin. Sie steckte die Etikette ins Krageninnere und streifte den Kanzlisten dabei mit den Fingern. Man hat ihr Gekicher gehört. Und das zufriedene Brummen des Kanzlisten. Will dein Kunde auf Hasenjagd, fragte der Chef, als Lia kurz in den Laden glitt, um den Gämsbart am Hut zu befestigen. Und diese zischelte: Der Hase, mein Lieber, hockt doch in dir!

Uns blieb das Lachen im Hals stecken. Der Chef hat ruhig Munition in den Gewehrlauf geschoben. Das Riegeln des Laders machte ein feines knackendes Geräusch. Dann krachte ein Schuss in die Dekoration. Aber die beiden ließen sich nicht stören.

Möglich, dass ich den Kanzlisten besonders gut bedient habe, erklärt die Verkäuferin. Das ist das Interessante an der Arbeit. In ein Waffengeschäft kommt man, um sich ausrüsten zu lassen. Die Kunden begeben sich in meine Hand. Ich lege den ledernen Patronengurt um die Hüften und zurre die Schnalle fest. Ich übergebe den zerlegbaren Spazierstock, dessen Lederbeutel man beim Aufspannen als Klappsitz benutzen kann. Das Jagdhorn darf nicht fehlen. Es gibt Kunden, die wissen, was sie wollen, und Kunden, die man ermuntern muss. Die Flinte ist das Wichtigste. Unsere Auswahl ist groß. Der Kunde verliert sich im vielfältigen Angebot und so rate ich zu unserer Doppelbock mit Zielfernrohr von Swarovsky. Ich zeige den Ladevorgang und reiche die Waffe, um den Kunden das Gewicht einer schussfertigen Flinte fühlen zu lassen. Das ist wichtig. Das ist entscheidend. Der Augenblick, da der Kunde fühlt, dass er ein anderer ist als noch Sekunden zuvor: Herr über Leben und Tod.

Und dann hänge ich ihm den Tragriemen um die Schulter. Der Schaft berührt beim Gehen kaum den Schenkel. Er spürt, dass er mit dieser Flinte lange, beschwerliche Märsche machen kann. Und ich weiß, dass der Träger jetzt Lust verspürt, das Angesammelte und Unerledigte, Frau und Geliebte einfach stehen und liegen zu lassen und durch einen unendlichen Wald zu schreiten.

Lia ging in die Knie, rupfte und zupfte am Jagdgewand. Und als sie dem Kanzlisten gegenüberstand, strich sie das Haar hinters Ohr. Sie hat die Brüste geschaukelt und gelächelt mit glossfunkelnden Lippen. Vor den Augen des Chefs. Dieser hätte zu den beiden hingehen können. Zehn Schritte in ihre Richtung. Und Lias Sonnenblumengesicht wäre schlagartig gewelkt. Aber er hat am Regal gelehnt. War plötzlich müde. Nichts Ernstes, wie ich glaube. Eine leichte Erschöpfung.

Der Kanzlist war für den Wald gerüstet. Oder vielmehr für eine Art Überlebensübung in einer undurchdringlichen, von wilden Tieren bewohnten Waldgegend. Man fragt sich wozu? Nicht einmal einen Blumenstrauß kann er sorgfältig tragen. Dieser Mensch ist vielleicht als Treiber verwendbar. Man postiert ihn. Sagt, dass er da stehen bleiben und Krach machen soll. Und dann macht er an dieser Stelle Krach, bis man ihn abholt und ihm sagt, dass er jetzt keinen Krach mehr machen, sondern mitkommen soll.

Es ist nicht meine Aufgabe, die Jagdtauglichkeit unserer Kunden zu prüfen, findet die Verkäuferin.

Seltsamerweise ist Roberts Trophäe dann auch noch aus dem Pappwald verschwunden, berichtet die Verkäuferin. Erst eine Zacke, dann das Geweih, dann der Rest des verstümmelten Stopftiers. Sie lacht. Oh, er hat getobt. Ich habe ruhig meine Nägel gefeilt. Diese Trophäe fehlt unseren Kunden nicht.

Wie kann eine so unförmige Dekoration spurlos verschwinden?, habe Lia ihn mit Kinderstimme gefragt und über ihre manikürten Nägel geblasen.

Möglich, dass Robert sich jetzt in Transsibirien Reisig auf den Hut regnen lässt, während ich im Laden für ihn schufte. Vielleicht rackert er sich ab zwischen den Schenkeln dieser gewissen W. Ist es das Alter? Ist es sein Überdruss? Ich weiß es nicht. Er hat ein paar Kilo zugenommen. In letzter Zeit behält er die Lesebrille immer auf der Nase und beobachtet die Kunden über den Brillenrand bei gesenktem Kopf, wobei der Hemdkragen sein Kinn zu einem Wulst aufstülpt und der Mund sich zu einer Schnute faltet. Das macht ihn hässlich und alt. Das Geschäft ist ihm gleichgültig. Er ärgert sich über den Schmutz, den die Jäger an den Stiefeln in den Laden tragen. Und lamentiert. Ist schon von einer an ihn gerichteten Frage überfordert. Er ist abwesend. Süchtig nach Tannenduft. Glaubt an wunderbare und unendliche Wälder, wie so manche grauen Typen. Meint, zu diesen wunderbaren und unendlichen Wäldern würden seine Frau oder ich ihm den Zutritt verwehren. Wenn ein Kunde den Laden verlässt, feuert er in die Dekoration hinein, und ein paar Spinnen zerspritzen. Ich frage Robert: Ist das alles, was du deinem Ehescheiß entgegenzusetzen hast? Dein Gewicht, Geschrei und Geknalle? Da schaut er mich lange schweigend an, legt seine Hand aufs Herz. Nicht etwa, weil er es schlagen hören will, lieber Himmel, nein, sondern weil er die Landkarte von Transsibirien in seiner Brusttasche knistern hören will.

Hätte der Kanzlist nach dem Bezahlen seiner Ausstaffierung unser Geschäft verlassen, wäre vielleicht alles in Ordnung gewesen, meint der Waffenschmied. Aber er ist nicht abmarschiert in seiner klirrenden Rüstung. Dieser ewige Standesbeamte hat über dem Geleier der ewig gleichen Gesetzessätzlein das Gespür verloren, wann etwas zu weit geht. Er ist in Gummistiefeln und klappernder Gerätschaft am Chef vorübergeschritten. Er wollte seine Flinte einschießen. Ausgerechnet er. Wie oft habe ich im Militärdienst seine Waffe zerlegt und zusammengesetzt und sie ihm dann in die Hände gedrückt, wobei ich seine gespreizten Finger regelrecht um den Lauf herumbiegen musste, damit sie ihm nicht sofort entfiel. Und vor diesem Menschen nun tänzelte Lia zum Schießkeller. Mir war klar, dass sein Geballer unsere Scheiben zerfetzt, wenn nicht gar die ganze teure Einrichtung unbrauchbar macht.

Wir haben die Schüsse gehört. Obwohl der Schallschutz im Keller gut genug ist, um mit Elefantengewehren auf die Hundertfünfzigmeterscheibe zu zielen, ohne dass es im Laden stört. Der Chef war sehr ruhig, während seine Lia im Keller bei jedem Fehlschuss ihr Sambatänzerinnenlachen von sich gab. Er hatte sich den Jagdhut mit dem Gämsbartbüschel aufgesetzt, lehnte mit gekreuzten Füßen am Regal und warf ab und zu eine Hand voll Schrot als Happen ins Schaufenster. Die Aktentasche des Kanzlisten lag noch auf dem Ladentisch.

Wir haben uns erinnert, dass Lia auch mit dem Dekorateur gesäuselt und ihm ihr Sonnenblumengesicht entfaltet hat. Und danach hat niemand mehr von diesem Menschen gehört. Wir mussten lachen. Ich schlug mit der flachen Hand lachend auf den Ladenkorpus ein.

Dann kam er herauf, der Kanzlist. Er hat gestrahlt. Er schritt durch den Laden, schwer und klirrend und alle Blicke auf sich ziehend. Der Chef wies ihm mit einer theatralischen Geste den Weg zum Dekorwald. Danach gurtete er die Patronentasche um, warf grüßend den Hut in die Luft und überließ die Beute den Schwarzen Witwen.

Das war das Letzte, was der Waffenschmied sah. Einen in die Luft geschleuderten Hut mit zitterndem Gämsbartbüschel an der Krempe.

Der Zuhörer schaut ins pochende Gewölle, das inzwischen die Reste der Herbstdekoration aufgelöst hat. Ein schwacher Duft von frisch gesägten Holzstämmen und säuerlicher Walderde weht aus dem Schaufenster und wirbelt den Traum von einer Gegend auf, in der es nur Bäume gibt, nur das Schweigen des Walds.

Die gelbe Tür

Seine Frau malte. Darauf war Holdener nicht vorbereitet. Nie wäre ihm eingefallen, in seinem Alter Pinsel und Farbe zu kaufen und auf einen Papierbogen seinen Strich zu setzen. Er genoss die Vorteile des Alters. Zeit haben, im Verkehr stillzustehen, um einem Schmetterling nachzusehen.

Holdener konnte die Malerei nicht deuten. Stellt das Bild die Sonne dar? Oder ist zu viel Tubengelb auf die Malfläche geronnen? Beim Drehen des Werks kam ihm der Gedanke an ein Schwefelmeer. Er schloss nicht aus, dass es in Pias Kopf unbekannte und merkwürdige Welten gab. Ihr abwesender Blick deutete darauf hin. Wenn Pia mit der Zungenspitze in den Zähnen stochert, als verschlinge sie jedes Wort der Mittagsnachrichten, und schnalzend Fleischfetzen aus den Zwischenräumen saugt, weiß Holdener, dass seine Frau sich ganz woanders aufhält. Bei den ersten Takten Musik schreckt sie dann auf, und er muss die Radiomeldung wiederholen.

Das Gelb in diesem Bild war so grell, dass jede andere Farbe im Zimmer erlosch. Nur der Kanarienvogel mit seinem vom Gelb ins Grün spielenden Gefieder kam dagegen an. Der Käfig hing am Fenster, und unermüdlich durchflog der Vogel seinen vergitterten Himmel. Dies erinnerte Holdener an das Zucken eines Funkens. Er nannte seinen Vogel Funk.

Am Abend hing das Bild an der Wand. Pia hatte das Masseurdiplom abgenommen und ihre Malerei über den Fernseher gehängt. Wenn Holdener die Augen vom Teller hob, sah er ihr Bild vom blauen Licht des Fernsehers übergossen. Das Huschen von Licht und Schatten veränderte den Fleck, er schien zu wachsen. Die Verwicklungen der Welt ereigneten sich nun jeden Abend unter Pias Bild. Und Holdener war derjenige, der seine Frau um eine Zusammenfassung bat. Geduldig wiederholte sie das Geschehen. Geduckt saß er neben ihr, den Blick zur Wand. Hörte er zu? Es war Pia, als müsse sie einem Kind die Welt erklären.

Widerwillig nahm Holdener Mittel gegen Gedächtnisschwäche. Mit offenen Augen lag er nachts im Nebenbett. Sein Grübeln beschäftigte Pia: «Während ich Neues lerne, Aquarellieren, die Kunst des Trompe-l'œil, jeden Tag eine Entdeckung mache, überrascht von der Menge unbekannter und aufregender Dinge, die auf mich warten, entsetzt, weil man seine Möglichkeiten nicht früher wahrgenommen hat, sondern das Leben blind, taub und zufrieden verrieseln ließ und sich deshalb jetzt umso begeisterter dem Morgen entgegenstürzt, da starrt mein Mann an die Wand.»

Sein jähes Altern bestärkte sie im Glauben an den Sinn ihrer Beschäftigung. Bald waren die Wände von ihren Bildern bedeckt. Van-Gogh-Sonnenblumen von Pia, Löwenzahnfelder von Pia, Schwefelmeere von Pia, über der Kopfstatt eine Malerei in der Breite der Ehebetten.

Holdeners Nacht war gelb. Und es trieb ihn hinaus. Das gleichmäßige Rauschen des Regens beruhigte ihn.

Eine Katze duckte sich klagend unter den Container. Holdener dachte an Funk. Das einzige Gelb, das ihm gefiel, war Funk. Er kehrte nach Hause zurück, um mit seinem Vogel zu reden. «Die Hölle, Funk, falls es die gibt, ist von Pia gemalt.»

Scharf und dunkel zeichnete das Gitterwerk sich vom Regenlicht ab, im Käfig dämmerte der Tag. Erst jetzt bemerkte Holdener das Fehlen von Funk. Und die Stille. Das Dröhnen dieser Stille. Er presste die Fäuste gegen die Schläfen. Und als er das Gesicht hob, fiel ihm auf, dass seine Frau begonnen hatte, die Tapete zu bemalen. Über dem Buffet gab es einen Wolkenhimmel. Ein reich ornamentierter Vogelkäfig hing an einer Schäfchenwolke. Aus dem offen stehenden Türchen schwang sich ein Vogel mit gelbgrünem Bauch ins Blau hinein. Eine Tür in Trompe-l'œil-Malerei mit täuschenden Schatten öffnete sich in den Garten. Man sah in der Ferne blass einen gelben Fluss. Holdener rückte sein Béret zurecht und trat durch die gemalte Tür in Pias pastellene sonnige Landschaft hinaus. Er folgte Funk. Marschierte geradeaus über Treppen, Rosenbeete, Buchshecken zum Fluss. Er ging immer weiter, und das Wasser stieg an ihm hoch.

Als Pia Holdener im Malerkittel zwei Schritte zurücktrat von ihrem Werk, fiel ihr die Kopfbedeckung auf, die mit dem Fluss durch ihre pastellene Landschaft zog. Einerseits gefiel ihr dieses realistische Detail, anderseits erschreckte es sie. Bei aller Anstrengung konnte sie sich nicht mehr ans Malen des Bérets erinnern.

Opernglas

Der Opernbesucher sieht mit bloßem Auge so gut wie nichts. Eine Bewegung auf der Bühne, ein Hin und ein Her ohne Zusammenhang. Die unbegreifliche Inszenierung eines Ausschnitts unseres noch unbegreiflicheren Lebens. Aber mit Hilfe eines Opernglases ist jede Einzelheit zu erkennen.

Ich mag Opern. In der Oper werden Tränen zu Musik. Ich sitze auf dem Balkonplatz, die Arme in langen Stulpenhandschuhen gekreuzt über der Abendtasche mit den nützlichen Kleinigkeiten, einem Taschentuch zum Betupfen der Augen, einem Schminketui und einem Revolcherchen, und lehne mich in der Dunkelheit in eine andere Welt zurück. In der Pause gönne ich mir ein Glas Champagner. Wie eine Lady. Wie eine Opernfigur.

Als mein Mann noch lebte, sprachen wir manchmal davon, in die Oper zu gehen. Aber es ist nie dazu gekommen. Und nach seinem Tod gab es für mich lange keine Musik. Nur Stille. Nur Gänge zum Friedhof und zurück in die Wohnung. Dinge ordnen. All die Fotos, all die Briefe und Herrenkleider, diese ganze traurige Hinterlassenschaft eines Lebenspartners.

Was so geschieht. Und warum es geschieht. Ob es einen Sinn hat? Man weiß es nicht. Schlendert dahin unter der grauschwarzen Wolkenstaffel, denkt an seine

Sorgen, sieht kaum das Lichtband der Geschäftsstraße, die der quecksilberne Fahrzeugstrang wie einen Kristall durchfließt. Und plötzlich bleibt man stehen. Etwas hat zum Innehalten gezwungen. Ein Blinken vielleicht. Ein Schimmern. Dieses zierliche Opernglas aus Perlmutt im Schaufenster des Optikers könnte es sein. Oder jenes silberne Revolverchen dort auf der Plexiglassäule, das ein goldener Herzkranz aus Patronen umgibt. Oder die Messerklingen, aus denen Sterntaler regnen. Man ist betroffen.

In unserer Kleinstadt gibt es nur Tabak-, Käse-, Uhren-, Biogemüse-, Blumen-, Wäscheläden und Metzgereien. In ihren Fenstern präsentieren sie Ware, die der Befriedigung der täglichen Bedürfnisse dienen. Und so fällt man aus dem Gleichschritt, wenn der Blick plötzlich auf eine Auslage der Leidenschaft, des Wahnsinns und der Tragödie fällt.

Ich wundere mich, wie wenig es braucht, um einen Menschen aus der Bahn zu werfen. Eine Streifung, ein Hauch, ein Nichts. Du stehst da und hast keine Ahnung, dass dein Leben nunfort eine andere Richtung nimmt. Im Lichtkegel der Spotlampe drehte sich ein offenes Taschenmesser. Reflexe schossen über die unzähligen Klingen, rieselten auf den blutroten Samt, in dessen Falten Tränensprays, Signalpfeifen und Stahlruten eingebettet waren, zierliche Objekte für die Abendtasche zur Ergänzung der übrigen puppenhaften Schmink-, Schuhputz- und Nähzeugsets, die zur Notausrüstung einer Frau gehören. Ich war fasziniert. Ich war hingerissen. Bis zu diesem Tag hatte ich nicht gewusst, dass es so schmucke Waffen und Operngläser gibt.

Natürlich muss man nicht in die Oper, um ein Opernglas zu besitzen. Ich kann mit seiner Hilfe die elektronische Uhrzeit am Busterminal ablesen. Oder den Mann beim Stumpengeleise beobachten, der dort zusammengesunken auf einer Stufe der Baubaracke sitzt, reglos, die gefalteten Hände zwischen den Knien. Schnee fällt auf seinen Rücken. Er weint.

Durch Schrauben am Messingring kann ich weit entfernte Einzelheiten heranholen. Das Aufschluchzen des Schneebuckels. Die steif gefrorenen Hände.

Ja, das ist, was ich nun immer sehe. Diesen Alten, der weint. Wie an einem Glasfaden ziehe ich seine Einsamkeit heran.

Ich bin mir nie bewusst, welchem Splitter eine Bedeutung zukommt unter den unzähligen Augenblicken, die mir im Leben zugesprochen sind, an mir abprallen oder haften bleiben. Wunderbare Erlebnisse gehen vergessen, lächerliche Einzelheiten bleiben haften. Ich habe nicht einmal eine Wahl. Das ärgert mich, aber ich kann es nicht ändern.

Als ich den Alten zum ersten Mal sah, besaß er einen Hund.

Unzertrennlich der Herr und sein Hund. Hockten bei der Baubaracke, beobachteten das Verladen der Zeitschriftenbündel, die Ankunft der Züge und Busse im Terminal, das Tanzen der Brennnesselstauden im Fahrtwind der Schnellzüge. Der Tag war grau, Herbst, ich erinnere mich. Laub im Rinnstein, Schirme und wippende Scheibenwischer. Ich betrat den Laden des Optikers, denn in solch trüben Stunden verströmt er eine Atmosphäre von Luxus, Wärme und Licht. Ich musste einfach hineingehen und das Revolverchen berühren, den Silberschaft mit seinem Filigranmuster, das Rund der Mündung, das Korn.

Ein Schmuckstück für allerkleinste Abendtaschen, sagte die Geschäftsfrau, passend zum Opernglas. Sie hob dieses aus dem Fenster. Ein Zeiss, erklärte sie. Rundum mit Schuppen aus Perlmutt bedeckt, geriffelte Messingringe, und die goldene Panzerkette reicht bis zur Brust. Sie schloss die Kette in meinem Nacken. Ich sah mich im Spiegel mit runden Stechaugen wie ein fremdartiges Wesen, das Opernhäuser besucht, dort über weiche Teppiche schreitet und in einem geschwungenen und mit Samt ausgeschlagenen Balkon den Blick über die Frackschöße des Dirigenten zu den Sängern schweifen lässt, während die Lichtkuppel langsam aufleuchtet und wieder erlischt. Das dann stehend die Aufführung beklatscht, den Pelz bei der Garderobiere auslöst und mit einem Taxi in die Dunkelheit entschwindet.

Ich sah die, die ich hätte sein können. Die ich nicht war. Deren Leben sich bloß zwischen Friedhof und Wohnung, den Zeugnissen der Vergangenheit und den Schrecken des Tages abspielt.

Ich erinnere mich ans Zetern des Optikers. Verborgen hinter Gewehren, Patronentaschen, Lockenten und Jagdmessern schrie er ins Telefon. Es ging um eine Schuld, die er nicht anerkennen mochte. Derentwegen er Schimpfnamen brüllte und mit dem Fuß aufstampfte wie ein Mime, so dass das Patronenherz auf der Säule erklirrte.

Ich gab der Frau das Opernglas zurück. Wann gehe ich in die Oper! Sie überhörte den Einwand. Der Ausbruch ihres Mannes war ihr peinlich. Sie führte mich am Ellbogen ins Freie, damit ich dort die Sehschärfe des Instruments überprüfe. Ich schwenkte das Glas über den Gewitterhimmel zum Güterbahnhof. Und da bemerkte ich diesen Alten. Er schlug mit einem Plastiksack den Unrat von der Stufe einer Baubaracke, breitete den Sack über den Rost und setzte sich darauf, wie ein zur Sorgfalt ermahnter Mensch, der ein einziges Hosenpaar besitzt. Da saß er dann, den Kopf zurückgelehnt, die Geleise im Blick. Und zu seinen Füßen lag der eingerollte Hund.

Ein Bild im Opernglas. Nur ein Bild. Ich weiß nicht, was mir damals durch den Kopf gegangen ist. Es ist ja so einfach, das Auge auf Dinge zu lenken. Und so schwierig, die Dinge zu lenken. Das Grauen klopft nicht an. Es rammt sich dir in den Rücken. Wie prächtig die Blumen am Grab meines Mannes auch sind, immer starre ich durch sie hindurch in die Dunkelheit. Und auch das kostbarste Opernglas im Griff von Stulpenhandschuhen aus feinem Leder kann nicht verhindern, dass vor meinen Augen das Bild von einem blutverklebten Fell und einem weinenden Alten auftaucht.

Auf der Bühne finden die Dramen ein Ende. Wenn nötig, mit einem Pistolenschuss. Ich muss versuchen, mich genau zu erinnern. Da war dieses funkelnde Schaufenster. Es hat mich angezogen. Ich bin in den Laden eingetreten und habe nach dem Opernglas verlangt. Ein Gewitter brach los. Und der Optiker stürzte zum Parkplatz. Ein kleiner wütender Mann, auf dessen Lodenstrickrücken ich ein perlmutternes Opernglas richtete.

Es regnet, sagte seine Frau. Dies klang wie eine Entschuldigung. Sie fügte hinzu, das Auto sei neu, zupfte an meinem Ärmel, damit ich unter das Vordach trete. Ihr Mann bringe das neue Auto vor dem Gewitter in Sicherheit, sagte sie. Autoreifen pfiffen, während ich mir die Naheinstellung des Opernglases erklären ließ.

Nun konnte ich sogar das Rieseln der elektronischen Leuchtschrift im Terminal erkennen. Ich richtete das Opernglas auf das Stumpengeleise. Der Regen hatte den Alten aufgescheucht. Sein Hund schüttelte die Tropfen aus dem Fell und der Mann stülpte die Mütze über den Kopf. Sie gingen quer durchs triefende Brennnesselgestrüpp. Und plötzlich tauchte das Auto des Optikers auf. Am Steuer der wütend kurbelnde Wicht.

Meine Tage sind eine Aneinanderreihung von Unbegreiflichem. Ein Fortsetzungsroman ohne Ordnung, chaotisch und zusammenhangslos. Früher habe ich jeden Tag mit Spannung erwartet. Seit dem Tod meines Mannes gibt es nichts, auf das ich zustürzen möchte. Ich lausche den Nachrichten. Und manchmal wünsche ich, dass ein Tag kommt, an dem der Nachrichtensprecher kein Weltgeschehen zu vermelden hat und sagt: Meine Herrschaften, dem Leben ist heute kein Unglück eingefallen, an dieser Stelle deshalb nun Musik.

Zum Glück gibt es Opern. Hier bringen die schrecklichsten Dramen göttliche Melodien hervor. Ich hole die Sänger ganz nah heran. Lese den Schmerz und das Glück aus ihrem Gesicht. Diese Schicksale gehen mir nah. Ich verliebe und verzehre mich, ich leide, juble und weine. So ein Mensch bin ich, von jedem Ausdruck, jedem Hauch eines Ausdrucks angerührt. Für die Oper und die großen Bühnen der Welt wie geschaffen.

Die Dinge, die vor meiner Nase passieren, muss ich zur Kenntnis nehmen. Doch was ist der Tag, wenn ich die Schrecken nicht fortschauen kann? Eine graue Masse. Mein Mann hat es gut, denke ich oft. Er muss nichts sehen. Während ich die Hände vors Gesicht schlage und mit aller Kraft versuche, mir das Gesehene auszureden. Was habe ich in Tat und Wahrheit denn bemerkt? Schnurregen. Einen winzigen Ausschnitt im Fokus meines Opernglases, etwas ohne Zusammenhang, ohne Verbindung zu mir oder der übrigen Welt. Gut, der Hund ist von einem Auto überfahren und sein Herr durch die Luft geschleudert worden. Aber wenn ich überlege, wenn ich mir alles durch den Kopf gehen lasse, muss es für diesen Sturz eine natürliche Erklärung geben. Der Mann hat das Gleichgewicht verloren. Welcher Autolenker würde denn weiterfahren, als wäre nichts geschehen! Der Optiker hat den Hund nicht überrollt, denn er hätte das Tempo gedrosselt. Es kann gar nicht anders gewesen sein. Er wäre sogar ausgestiegen, um den Mann zu trösten und seinen Hund zu begraben. Bei dem schlechten Wetter konnte ich die Vorgänge nur verschwommen beobachten. Vielleicht hat ein anderer das Fahrzeug gelenkt. Alles ist denkbar. Die Sehschärfe meines Opernglases ist zu schwach, um auf diese Entfernung eine Automarke festzustellen. Und es ist völlig ausgeschlossen, dass ich in dem Ding, das am Spieß der Antenne flatterte, den Plastiksack des Alten erkennen konnte. Es war wohl eher ein Wimpel. So roh ist keiner, dass er sich nach einem Unfall nicht die Mühe machte, die Fetzen des Missgeschicks von der Antenne zu lösen.

Der Alte lag mit dem Gesicht in einer Pfütze, ohne Zweifel. Aber er ist wieder aufgestanden. Hat sich aufgerappelt und ist zum Hund getorkelt. Er hat sich übers sterbende Tier geworfen. Den Optiker habe ich nirgendwo entdeckt. Das Opernglas war nass. Solch ein Instrument ist für die Oper geschaffen, wo kein Unwetter losbrechen und das Glas trüben kann. Das habe ich auch zur Frau gesagt, die in der Zwischenzeit das silberne Revolverchen aus dem Laden geholt und mit Patronen geladen hatte.

Man kann nichts sehen, Madame. Regen.

Die Frau lächelte. Sie wickelte das Revolverchen und das Opernglas in Seidenpapier. Natürlich wollte ich bezahlen. Aber das wünschte sie nicht. Sie bat mich, diese Dinge als Geschenk anzunehmen. Sie hat mich regelrecht angefleht, ihre Geschenke anzunehmen. Ihr Mann stapfte vorüber. Unverändert wütend. Ich drehte mich nach dem Stumpengeleise. Aber ich konnte mit bloßem Auge nichts erkennen.

Ohne das Opernglas bin ich blind. Das sagte ich zu der Frau. Und sie hat genickt.

Mein Leben hat sich verändert. Seit ich die kleine Ausstattung für die Abendtasche besitze, bin ich eine Liebhaberin von Opern. Habe meinen Logenplatz und ergebe mich der wunderbaren Musik. Sogar das Fenster meiner Wohnung ist nun ein Logenplatz. Mein Finger in Stulpenhandschuhen aus feinstem Leder krümmt sich um den Abzug meines Revolverchens. Ich sehe diesen Alten am Stumpengeleise im Visier. Er beweint seinen Hund. Und das Drama vom einsamen Alten in Erwartung des Tods nimmt seinen Lauf.

Das fotogene Sujet

Der Stein fiel mitten in unser Bild. Und wir hatten uns doch gerade erst entdeckt, meine Schwester und ich, unsere rieselnde Gestalt im zerrenden Fluss. Der Stein plumpste ins Wasser und zerschmetterte das Bild. Ich im Schilf auf glitschigen Steinen griff in der Luft nach Halt.

Ein Mann stand da, hinter mir an einen Baum geflätzt, den Arm noch zum Wurf erhoben. Wer weiß, wie lange er schon Zeuge meines Spiels war und warum ich mich dabei ertappen ließ. Ein Fotoapparat hing an seinem Hals. Er begann mit den Kieseln in seiner Hand zu klappern. Sich zu entschuldigen fiel ihm nicht ein.

Da trat meine Schwester vor, tatsächlich, mit tropfendem Haar steigt die Schwester aus dem Fluss und schreitet über die brechenden Stoppel weg, schreitet über den Mann weg, über den Baum. Schreitet, denke ich, geradeaus immerfort über alles weg.

Sie sagte nichts, fasste den Mann ins Auge, eine Ewigkeit, wie mir schien. Dann strich sie sich die Tropfen über beide Arme und schwang sie dem Mann ins Gesicht.

Wie schön du bist in deinem Zorn!

Im Hochspringen riss er den Fotoapparat vor sein Gesicht. Mich wunderte, dass die Schwester sich duzen ließ, einfach das nasse Haar auswrang und danach sich sofort in eine fotogene Pose stellte.

Er danke für das Bild.

Sie fasste den Rock an beiden Seiten und vollführte einen artigen Knicks. Dann lachten sie, meine Schwester, der Fremde. Lachten. Und ich stand noch immer im Schilf.

Zwei Blesshühner kehrten zum Nistplatz zurück, suchten nach Futter im schlammigen Wasser. Ich bin wie nicht vorhanden, dachte ich.

Ob er weitere Aufnahmen machen dürfe? Das Licht ist ungewöhnlich, zwischen den Bäumen dieses Unterwassergrüns. Dazu die schöne Bewegung deiner Hände, wenn du das Haar in den Nacken streichst.

Sie ist so unerfahren, denke ich, hineilen müsste ich, sie an den Händen nehmen und mit mir ziehen. Aber es stimmte, die Luft war aus Seide, uns war nach Gesang. Und er wünschte nur ein paar Fotografien.

Ich watete im Wasser auf und ab, hörte seine Anweisungen durchs Schilf. Sie soll mit beiden Händen das Haar hochwerfen. Soll sich in den Hüften drehen, den Rock in die Höhe schleudern. Soll tanzen und wirbeln und zu Boden sinken. Der Mann rannte mit seinem Apparat um die Schwester, ging in die Knie, dehnte sich weit zurück, warf sich auf den Bauch und hielt die Kamera in die Luft. Dazwischen erzählte er von sich. Fotoreportagen, Passbilder und Aufnahmen für Werbezwecke sind sein tägliches Brot. Er möchte freier sein, möchte fotografieren, was Spaß macht. Man könne sich die Arbeit nicht aussuchen. Sein Tag bestehe aus Waschmittelpaketen und Köpfen mit Brust. Er lachte auf. Einmal aus dieser Mühle hinaus, das wäre ein Traum. Heute hätte es ihn aus der Dunkelkammer zum Fluss gelockt. Und wie ein Geschenk des Himmels: Du!

Lassen Sie uns in Ruhe mit Ihren Sprüchen, hätte ich gern gerufen. Ich wusste, auch das wäre nur ein Spruch. Während wir das Unmögliche erträumen, tappen wir lange schon im neuen Unglück herum.

Ich zog meine Schuhe an und spazierte zu den beiden hin.

Wozu diese Fotografiererei? Wollen Sie unsere Wohnung mit Ihren Bildern behängen? Wir betrachten Fotos nie. Wir hassen uns auf Bildern. Uns stört eine Haltung, die nie mehr zu ändern ist. Was nie mehr zu ändern ist, langweilt uns zum Gähnen. Wir können uns nichts vorstellen, das tödlicher wäre.

Ein Schilfrohr auf dem Finger balancierend, schwankte ich vor und zurück. Es fiel, ich fing es auf und setzte es mir wieder auf die Hand.

Komm, sagte ich zu meiner Schwester, wir wollen gehen!

Ihre Schwester kann für sich selbst entscheiden, brummte der Fotograf. Er drapierte ihre Bluse über der Brust. Sie sei, sagte er, alt genug, eine Frau, ganz und gar.

Auf dem Rücken mit den dürren Beinen strampelnd, drehte er sich um sich selbst. Ich stieg über ihn weg. Ich hätte ihn umgehen können, doch es machte mir Spaß, über diesen vor meiner Schwester hingekrümmten Leib zu steigen.

Soll er seinen Willen haben, rief die Schwester.

Dass ich nicht lache. Sie meinte wohl, es wäre in dieser Lichtung zu still, wenn keiner um sie herumhopst, herumknipst. Das Schilf hört zu schwanken auf, wenn er geht.

Ich wanderte zur Brücke, wusste, sie folgt mir nicht. Ich beugte mich übers Geländer, sah Vögel auf Ästen den Fluss herunterfahren. Beim Stauwehr flatterten sie auf, flogen flussaufwärts zu einem anderen treibenden Ast.

Soll die Schwester ihre Erfahrungen machen. Danach die leeren Hände drehen, wehmütig vielleicht, die Achseln zucken und gehen. Geradeaus, ungebeugt, zurück zum Wasser.

Der Fluss zog und strudelte unter der Brücke durch. Die Fischer in hüfthohen Stiefeln warfen ihre Rute aus. Leise das Zischeln der Schnur.

Wenn jetzt der Fremde, dachte ich, meine Schwester, und mit bloßen Händen, und bis kein Röcheln mehr. Ich lief zurück. Konnte von weitem schon des Fotografen Befehle hören. Und die Schwester wetzte durch die Lichtung mit wehendem Rock, hielt ein am bezeichneten Punkt. Langsam floss das Haar an ihr herab.

Ihm musste wohl die Art, wie sie den Kopf hielt, halb zu-, halb weggewandt, gefallen haben. Eine Ungebändigte, irgendwie kapriziös, irgendwie eine Aufgabe. Er bog und drehte ihren Arm in die Richtung, die ihm gefiel, rannte rückwärts und betrachtete durch das Objektiv sein verkleinertes Werk. Langsam zog er den Arm an der Linse vorbei, und die Schwester hatte dem Finger zu folgen.

Ich setzte mich mit meinem Picknickkorb ins Gras, packte alles aus und ordnete das Mitgebrachte um mich herum, ließ mich nicht stören vom Gehopse und Geknipse.

Tiefer, Mädchen! Raschrasch dorthin, Mädchen!

Er schrie in seinem Eifer. Und vielleicht lebte er nur für die Dauer dieses flüchtigen Augenblicks, da er das Bildmaterial nach seiner Vorstellung formen konnte.

Anspucken müsste sie sich, fand meine Schwester, würde sie diesem strebsamen Mann ihre Hilfe verweigern. Besonders da es so leicht falle, jemandem zu seinem Glück zu verhelfen. Sie könnte nie mehr in einen Spiegel schauen.

Ich riss den Blechring vom Büchsenbier und wickelte das Schinkenbrot aus der Plastikfolie.

Auf Ihr Wohl, Herr Fotograf!

Auf das Jagdglück!

Sein Motiv warf sich in die Luft, es warf sich auf den Boden, es wirbelte mit ausgebreiteten Armen auf einem Fuß um sich selbst, drehte das Profil dem Apparat zu und leckte die Lippen. In den Pausen beschriftete die Schwester ungebrauchte Filme.

Sie waren schon ein Team. Ich aß, ich trank, ich zerknüllte die Plastiktüten und packte alles in den Korb. Meinetwegen konnten alle Fotografen der Welt sich an meiner Schwester entfalten. Sie müsste, dachte ich, nur lernen, sich ihrer Abbildner zu bedienen. Damit wir wenigstens einmal, ein einziges Mal, Tränen lachen, wenn einer uns verlässt.

Die Sonne stand tief, die Farben wurden satter. Und der Fotograf hatte meine Schwester als Sujet noch nicht ausgeschöpft. Er bemühte sich um den bestmöglichen Winkel, nutzte den vorteilhaftesten Lichteinfall und meine Schwester war unermüdlich im Einnehmen der befohlenen Position.

Er war nie zufrieden. Aus der Ungebändigten schuf er eine Sanfte.

Du bist zornig, schrie der Fotograf, sei echt zornig!

Sie stampfte auf. Sie warf den Kopf zurück und mit vorgeschobener Schulter ging sie auf die Kamera zu.

Der Fotograf fand sie jetzt weniger schön als zuvor, als er einen Kiesel in den Fluss geworfen und ihr Blick für Sekunden etwas wirklich Gefährliches hatte. Er wandte das dunkle, gläserne Auge des Apparats von ihr ab und lehnte sinnend gegen einen Baum.

Ob sie etwas falsch gemacht habe, wollte meine Schwester wissen, ob sie das Foto verwackelt oder in einer unmöglichen Pose dagestanden habe.

Nein. Er hob müde die Hand. Der Traum ist aus. Entscheidendes, fand er, Pfeffer und Salz, die wären in seinen Bildern noch nicht enthalten.

Meine Schwester verschloss mit ihren Fingern seinen Mund.

Nichts ist aus!

Sie wollte in den Fluss hinauswaten, in die Lichtlache dort. Und du hältst fest, wie ich in der Strömung zum Wehr hinuntertreibe.

Er überlegte. Wahrhaftig, meine Schwester bot ihm ihr Leben an und dieser Kerl prüfte am Wasser den Lichtanzeiger. Ich schleuderte die Tasche fort, stampfte und schrie so laut ich konnte.

Geh!, rief meine Schwester. Sie drehte nicht einmal den Kopf.

Ich blieb. Natürlich bin ich geblieben. Es konnte ja nicht mehr lange dauern mit dem Licht und dem Kupferglanz und diesem Goldgeriesel auf dem Fluss.

Der Fotograf fand, dass auch diese Aufnahme nicht die Krönung war. Es gebe nichts her, wenn sein Motiv beim Stauwehr untertauche.

Zieh dich aus!, befahl der Fotograf. Wenn ich wieder hinschaue, bist du ausgezogen!

Er musste jetzt begriffen haben, worin die würzige Prise bestand, hob ein Treibholz auf und sah übers Wasser.

Nein, sagte die Schwester. Nein! Und hatte in ihrer Haltung den früheren Trotz. Wie der Fotograf den Arm sinken ließ und das Holz aus seiner Hand fiel, als hätte ihr Nein ihm alle Kraft genommen, knöpfte sie die Bluse auf.

Er setzte andere Linsen ein, arbeitete flink, wer weiß wie lange noch der Hintergrund so gleißend schimmerte. Sie schob den Rock über die Hüften und starrte dabei ins Schilf. Frierend stand sie am Wasser, die Hände vor dem Bauch.

Die Kamera umklammert, lief der Fotograf am Ufer auf und ab, beschwor sein Modell, sich auf den Felsvorsprung zu stellen, dort auf diesen Felsen. Fischer hin, Fischer her, die werden verdammt nicht zum ersten Mal eine Frau ...

Sie kletterte hinauf. Sie wandte uns den Rücken zu, hob auf Befehl den Arm, der ihre Brust verdeckte. Der Lichtsaum auf den Rückenwirbeln glitt hinab, bog sich und umspannte bis auf zwei winzige Dellen die Wölbung des Gesäßes. Sie dehnte sich zurück, als wollte sie zu einer Pirouette ansetzen und für alle Zeiten sich in den Himmel schrauben. In dieser Haltung musste sie erstarren.

Mit aufgekrempelter Hose watete der Fotograf durchs Wasser und hielt die Marmorstatue fest.

Ich ließ Schiefersteine über den Fluss hüpfen. Die Blesshühner schwirrten aus dem Schilf, ruderten mit den Köpfen nickend am Fels vorbei. Ein Geruch von Tang kam vom Wasser her. Ich hatte alles aufgegessen, ausgetrunken. Zum Lesen hatte ich nichts mitgebracht und diese Befehle und Entzückungsrufe, dieses Armauf, Armab waren zum Gähnen. Nichts ist einmalig, nichts, das ein Auge noch nie gesehen hätte. Kupfersonnenabende erscheinen nicht unseretwegen oder damit die Haut meiner Schwester für die Zukunft eines Fotografen aufleuchtet. Es wird Abend, es wird Nacht, es wird hunderttausend Jahre und pfeift auf uns.

Der Fotograf war inzwischen auf einen Baum geklettert, saß mit der Kamera rittlings auf einem Ast. Unter ihm die Schwester, ihr Körper auf dem Felsen wie zerschmettert, das Gesicht in einer Lache aus Haar.

Das ganz besondere Bild fehlte noch, die schönste aller Aufnahmen, der große Wurf. Der Fotograf kletterte vom Baum, stieg über die Schwester weg und kam zu mir. Er bettelte nicht, er forderte.

Und bitte nackt!, sagte er. Und euren Haarscheitel liebevoll zueinander geneigt!

Er stellte die Blende ein. Ich schmetterte den Korb in den Graben zwischen uns. Er kam nicht näher, sah mich von unten herauf flehend an.

Es geht um ein einziges, um ein lebensentscheidendes Bild!

Dieser Tross von Aussteigern, Umsteigern, die mir in die Bluse heulen. Ich habe genug. Ich kann keinem helfen, ein anderer in einem anderen Leben zu sein. An Zauberer zu glauben, die uns mit einem Stab berühren, darüber sind wir doch hinaus. Es kostet alles Kraft. Umsonst gibt's nur den Tod. Das Leben aber kostet seinen Preis.

Ich wandte den Kopf ab. Er klappte den Deckel auf die Linse, hatte schon eine neue Idee, ohnehin wünsche er in seinen Bildern mehr Spontaneität, mehr Drive.

Er ging. Die Schwester warf sich vornüber und schluchzte. Lass das, sagte ich, wir kommen allein zurecht. Ihr Körper krümmte sich, die Füße klappten auseinander, dann weinte sie leise in ihre Armbeuge hinein.

Ich sammelte am Ufer ihre Kleider ein. Die Bluse tauchte ich ins Wasser und klatschte sie gegen einen Stein, obwohl kein Fleck war auf dem Stoff. Das Wasser strömte über meine Füße. Schlick setzte sich. Im Wasser war wieder unser Bild. Wir wanden uns, wir bogen uns, wir tanzten durchs grüne Glas, als hätte sich kein Stein in unseren Reigen gesenkt.

Fledermausschatten

Uns, den Alten des Dorfs, die wir die verlassenen Häuser und Ruinen von Montpeyroux hüten und das Recht haben, schon morgens den Klappsessel in den Schatten unserer Gasse zu zerren, die Pantoffeln im Rinnstein zu kreuzen und wann immer es uns beliebt, den rostigen Schlüsselbund auf die Theke des Bistros von Pierre fallen zu lassen, um Pernod zu trinken, einen Wettschein auszufüllen und die Geschichte der Villa Rosa zu erzählen, oder einfach durch die verstaubte Plastikpflanze zu Claudines Laden hinüberzustarren, uns also ist der Zerfall vornehmer Herrschaftshäuser ein Trost. Auch unsere dicht aneinander gedrängten, einfachen Steinhäuser im Dorf zerfallen. Die Jungen ziehen aus, um am Meer einen Hundesalon zu eröffnen oder eine Wurstbude, oder um in einer dieser großen verspiegelten Industrieanlagen zu arbeiten, die man in unseren Vorstädten sieht. In Montpeyroux kann niemand sein Glück machen.

Noch einen Pernod, Pierre! Auf unsere Jungen! Auf sie, die glauben, dereinst zurückkehren und die Zeit aufhalten zu können!

Sie besuchen die alten Verwandten in Montpeyroux. Bei der Rückkehr ins Dorf hupen sie am Feldrand. Und alle Gebückten richten sich auf, um zu sehen, ob es eins der eigenen ist, das auf die heruntergekurbelte Scheibe seines glänzenden Autos trommelt, damit man das verknotete Taschentuch vom Kopf nehme, aus der Reihe trete und mit geschultertem Werkzeug neben dem polierten Auto ins Dorf einmarschiere. Man tischt auf, macht einen Gang zum Friedhof, dann rollen sie hupend und händeschüttelnd an den Klappsesseln vorbei, Richtung Autobahn. Überlassen uns die Schlüssel zum leeren Haus, damit jemand nach dem Rechten sehe.

Einigen ist gleichgültig, was zurückbleibt. Sie schicken ein paar Blumen, wenn Mutter, Vater, Onkel einen Schlaganfall erleiden. Wahrscheinlich fragen sie sich nie, ob dem Gelähmten in Montpeyroux dreimal täglich ein Brei in den sabbernden Mund gestopft, an warmen Tagen sein Korbstuhl auf die Straße hinausgetragen und ihm ein Hut auf den seitwärts hängenden Kopf gesetzt wird. Es ist ihnen gleichgültig, ob wir bei einem Platzregen in unser Haus flüchten und in der Aufregung den Korbstuhl auf der Gasse im Regenguss stehen lassen.

Eh voilà! So ist der Lauf. Stirbt einer von uns, so öffnet ein anderer die rostige Drahtschlaufe und hängt unseren Schlüssel zu den übrigen Schlüsseln am Bund.

Jeder Tote ein Schlüssel, mon vieux! In ein paar Jahrzehnten ist keiner mehr da, um den Schlüsselbund des letzten Bewohners von Montpeyroux an sich zu nehmen.

Dass Fremde in den Ruinen der Weiler herumklettern, ist neu. Sie mögen die Gegend. Sie sitzen in Astgabeln, den Feldstecher vor Augen. Dies sind die Lagen der Bordeauxweine, dies die vom Urmensch bemalten Höhlen und dies die Sonnenblumen von Gauguin.

Man wird gebeten, dieses oder jenes Gebäude für

einen Kaufinteressenten aufzuschließen. Und so mustern wir dann den Hergeschickten, wälzen einen Drops im Mund, und lassen uns, eine Hand hinter dem Ohr, von diesem Menschen den Namen buchstabieren, ehe wir den Drops in den Rinnstein spucken, nach unseren Schlüsseln angeln und voranschlurfen mit der Miene von Pierres kläffendem Mops.

Die Villa Rosa am Fuß des Hügels von Montpeyroux ist vornehmer als die Herrschaftshäuser in den anderen Weilern. Wer zählt die Jahre, da die Schlüssel der Villa an unserem Bund geklappert haben. An einem verfluchten Tag mussten die Schlüssel einem Fremden übergeben werden. Es sei ein Anfang, hat Claudine gemeint. Es sei ein Zeichen. Die Antwort auf ihre zum Himmel geschickten Gebete. Sie stäubte den Lappen und stellte den Porzellanhund in ihr Ladenfenster als Dekor der anbrechenden Zeit. Und Pierre hat am Türpfosten den Rücken gekratzt, die Taube auf den Rundziegeln im Blick. Wir anderen haben geschwiegen.

Unseretwegen muss keiner ein Herrschaftshaus kaufen. Sollen diese Weiler allmählich zerfallen, Schlangen sich auf den Steinen wärmen und Bäume aus den Ritzen wachsen. Diese Gegend gehört der Stille. Und die Stille gehört uns, den Alten von Montpeyroux, die wir ungern die Füße aus dem Rinnstein nehmen, damit ein Straßenkreuzer unsere Blumentöpfe passieren kann. Oder uns im Bistro so ein Mensch auf die Schulter klopft, einen Pernod bezahlt und mit unseren Nichten Wange an Wange tanzt.

Am schlimmsten, sagt Pierre, sind die Anbeter der Stille, die nur wenige Wochen des Jahres in einem der

Weiler leben, unsere Weine verachten und das Bistro meiden.

Er vergisst, dass er selbst es war, der sich beim Verkauf der Villa Rosa die Hände rieb. Wir anderen haben aufs leere Glas geschaut und matt die Fliegen verscheucht.

So linsen nun die steinernen Dachkranzfiguren eines Fremden nach Montpeyroux herauf. Der Besitzer zeigt sich nie.

Ab und zu rattert einer von uns auf einem Vehikel, beladen mit knorrigen Rebstöcken, an der Parkmauer vorbei. Die hohen Fenster sind geschlossen. Schmutz der früheren Jahre liegt noch immer darauf. Die Glasscheiben blinken nicht einmal im Licht unserer für ihre Farbenpracht berühmten Sonnenuntergänge. Und ungehindert wächst das Unkraut des weitläufigen Parks.

Un peu bizarre, ce monsieur.

Es gefällt ihm in der Villa Rosa. So ungestört, so allein. Es ist ein schöner Besitz, Zimmer wie Säle. Aber etwas verkommen, etwas veraltet. Kein Geräusch dringt in den Park. Abgeschirmt vom Dorf kann er durch das weitläufige Anwesen mit Nebengebäuden und Flüsschen und alten Bäumen wandeln. Von der Turmspitze blickt er auf unsere Weinhänge und Sonnenblumenfelder. In der Ferne erkennt er die Pappelreihe am Ufer der Dordogne und den blassen Hügelzug. Im Ost- oder Westflügel der Villa brennt immer Licht und man sieht auf dem Vorhang einen vorgeneigten Schatten, als sitze Monsieur über Akten oder einem Buch.

An warmen Abenden ist das Klicken der Bocciakugeln auf dem Kirchplatz zu hören. Aus unseren Pflanztöpfen strömt der Duft von Zitronen, Rosmarin, Lavendel und Pelargonien. Die zarten Schatten der Fledermäuse schwirren umher. Keiner mag sich ins kühle Steinhaus zurückziehen. Wir sitzen bis Mitternacht auf der Gasse, das Hemd offen, die Strümpfe auf die Schuhe gerollt, die Zeitung fächelnd in der Hand. Wir denken an unsere Jungen und schwatzen. In solchen Augenblicken spüren wir etwas wie Mitleid mit dem Einsamen in der Villa Rosa. Vor allem Claudine, die den Schorf von den fleckigen Beinen kratzt und leise sagt, er weiß nicht einmal, wie man ein Bett bezieht. Und dann sagt Pierre, wenn Monsieur aufhört zu lesen und in den Büchern zu blättern, herrscht in der Villa Rosa solche Stille, dass er die Holzwürmer hören kann, die sich durch Balken, Zwischenboden und Sternparkett fressen. In seinem Schrecken hält Monsieur sich am Buch fest, beruhigt sich mit geräuschvollem Umblättern von Seiten und setzt das Lesen fort. Nur so kann Pierre sich erklären, warum der Mensch nie in sein Bistro kommt.

Nicht einmal Claudine, die den einzigen Laden in Montpeyroux besitzt, weiß, wovon er lebt. Er schickt die Scherenschleiferin vom Fluss in den Laden, um Insektenpulver zu kaufen oder eine rote Krawatte und Aftershave. Dafür zahlt sie jeweils bar. Das ist ungewöhnlich. Früher hat sie nie bezahlt und wurde nicht mehr bedient. Pierre hat ihr manchmal heimlich einen Korb Esswaren zum Wohnwagen gebracht. Es heißt, dass viele Männer sie dort besuchen. Die Männer von Montpeyroux haben ein weiches Herz. Und jetzt müsse sie, Claudine, die Geldscheine von diesem Miststück entgegennehmen.

Die Ausrottung des Holzwurms in der Villa Rosa muss man sich vorstellen, sagt Claudine. Wie die Scherenschleiferin mit der Pipette auf dem Holzboden herumkriecht, um Gift in die Bohrlöcher zu tropfen. In ihrem kurzen Rock, den kleinen Hintern in die Höhe gereckt.

Claudine hämmert auf die stählerne Kasse, dass ihr Münzfach herausfliegt und den Inhalt über den Ladentisch ergießt, so dass Pierre das Geklirre im Bistro hören kann.

Der Anbeter der Stille hat nicht einmal ein Telefon. Die Scherenschleiferin musste für ihn zur öffentlichen Sprechzelle. Und trommelte dort mit dem Absatz ihres Schuhs gegen die Zellenwand, weil die Angerufenen sie nicht verstanden, nicht Französisch sprachen. Und das Dorf vernahm das Gezeter der Scherenschleiferin. Nein, die Villa Rosa hat kein Telefon, non, pas du tout, Monsieur ist nicht zu erreichen. Nicht zu sprechen!

Sie hing das Telefon ein und schlenderte hochmütig vorbei.

Was tut so ein Mensch in diesem Winkel der Welt?, fragen wir Pierre. Sät er Sonnenblumen in sein Feld, setzt er Weinstöcke, schlägt er Holz für den Winter? Bringt er unserem Dorf einen Nutzen? Im Gegenteil. Er fegt mit seinem Straßenkreuzer die Barstühle des Bistros weg und für ein Trinkgeld schickt er uns mit Aufträgen zu den Handwerkern der Gegend. Seine Familie und Freunde kommen zu Besuch. Brausen mit heruntergekurbelten Fenstern und voll aufgedrehter Musik durch unseren Weinberg. Schlimmer als Marktschreier, die wenigstens nur an Festtagen auf dem Kirchplatz die

Seitenwand ihres Lasters hochklappen und den Schalltrichter auf unsere Fenster richten, damit man ihren Kram kaufe.

Wir übertreiben ein wenig. Jemands Gelächter füllt die Gasse. Dann ist wieder Ruhe, man betrachtet das Flirren der fernen Sterne. Der eine oder andere denkt an die schöne Scherenschleiferin vom Fluss.

Es regnet in seinem Land. Sie zeigen es im Fernsehen. Wochenlang Regen. Bilder von Überschwemmungen. Leute, die trübsinnig auf fortschaukelnde Polstersessel und im Schlamm steckende Autos starren.

Seht, sie husten, sie rosten, sie lechzen nach unserer Sonne. Die möchten nichts lieber als in der Dordogne auf Klappsesseln sitzen und Ruinen hüten. Und der Scherenschleiferin nachschauen, die einen Korb voll Ware vorbeiträgt, rätselnd, was das Miststück bei Claudine für den Anbeter der Stille eingekauft haben mag, an wen das Postpaket geht und was in den Briefen steht, die sie für ihn einwirft. Die Verregneten möchten nichts anderes, als mit einem Sonnenhut in der stillen Gasse von Montpeyroux ruhen, bis die steile Sonne die Stahlrohrlehnen ihres Klappsessels erglühen lässt und ein jeder seinen Stuhl in die Kühle der offen stehenden Küche schleift, um für den Rest des Tages hinter dem Fliegenvorhang vor dem Fernseher zu hocken und sich an den Bildern einer Sintflut in einem anderen Teil der Welt zu ergötzen.

Man denkt an den Traum der Jungen. Kann es denn tatsächlich so begehrenswert sein, Pudelschnauzen zu rasieren und Würstchen mit Senf zu verkaufen? Ist das eine Karriere, Pierre?

Die großen Hochzeiten in Montpeyroux fallen uns ein. An allen Bäumen der Umgebung hängt ein Anschlag: «Grande fête». Unser Festsaal hat für einmal keine Ähnlichkeit mit einem Schlachthaus, sondern ist mit flatternden Bändern geschmückt und Sonomusik schallt aus den Lautsprechern. Claudine zieht das giftgrüne Taftkleid an, in dem sie aussieht wie ein Frosch, hängt sich an Pierres Arm und weint ein wenig. Alles tanzt. Alles stößt auf das Brautpaar an.

Ja, an Festtagen kehren unsere Jungen zurück. Als könnten sie zwischen den schimmernden Bauten der Vorstädte keine Hochzeit halten. Als hätte eine jämmerliche knorrige Rebstockwurzel der Weinhänge in Montpeyroux sich auf ewige Zeit in ihr Herz gesenkt, so dass sie nicht anders können als zurückzukehren und hupend im Zug geschmückter Autos zur Kirche zu fahren.

Beim Abstauben der Porzellanhunde im Schaufenster überfällt Claudine von neuem Mitleid mit dem Einsamen in der Villa Rosa, der hinter schweren kordelumwickelten Draperien durch seine düsteren Zimmer wandert. Sie denkt an die verschwenderischen Zimmer und Fluchten und Wendeltreppen der Villa Rosa. Jeden Tag der Woche kann der Besitzer in einem anderen Zimmer schlafen und seine Mahlzeit an einem anderen Tisch auf einem anderen Stuhl einnehmen. Sofern er überhaupt isst.

Sie muss an die Scherenschleiferin denken, deren Absätze halbmondförmige Löcher ins Sternparkett dieser vornehmen Villa stanzen. Wie sie durch diese Verschwendung schreitet. Derweil die Fenster erblinden und die Spinnen weben.

Das ist Claudine. Immer über ihrer Buchhaltung brütend. Eins zu eins zählend. Rechnet sich aus, dass dieser Mensch in der Villa Rosa nach sommerlangem stillem Schrecken Claudine um Hilfe rufen wird, weil er kein Hemd mit sauberem Kragen mehr finden kann. Sie wird den Verzweifelten zwischen Bergen von verschmutztem Geschirr vorfinden, den Kopf auf dem Tisch, einen Schuh umklammernd, mit dem er ab und zu trübselig und träge auf einen der Stühle schlägt, als säßen da mit umgebundener Serviette schon die Holzwürmer zu Tisch, während draußen die Sonne in die Pappeln der Dordogne stürzt. Durch die verschmutzten Fenster wird das rieselnde Gold nicht zu erkennen sein, denn in der Villa Rosa ist die Sonne für immer untergegangen.

Aber jetzt bin ich da! Monsieur, ich nehme alles in die Hand. Man darf der Traurigkeit keinen Raum geben. Jamais!

Claudine wird seinen Kopf am Haar in die Höhe ziehen, damit er ihr ins Gesicht sehe.

Sie werde natürlich nicht für ein Trinkgeld hinter der Scherenschleiferin aufräumen, sagt Claudine im Bistro. Das ist Angelegenheit der Dame des Hauses. Man gibt zu bedenken, dass es in der Villa Rosa keine Dame des Hauses gebe. Lächelnd wiegt Claudine den Kopf. Und alle, die sie kennen, ahnen, dass sie an ihre Nichten denkt, die jeden Sommer am Meer den Strand abschreiten. Den liebenlangen Tag richten sie dort ihren Tanga, oder vielmehr den Schnürsenkel von einem Tanga, auf ihrem Milchschokolade-Ärschchen zurecht.

Wir wissen, wie gern Claudine ihre Nichten in der

Nähe ihres Ladens hätte. Die Mädchen würden dann ab und zu den Laden hüten, die Regale auffüllen, vielleicht sogar die Honoratioren des Dorfs bedienen. Und Claudine würde sie zu Teilhaberinnen des Ladens machen. Sie könnte den ganzen Tag im Korbstuhl vor dem Laden sitzen und die Schweißbahn zwischen Brüsten und Schenkeln durchs Korbgeflecht tropfen lassen.

Wir sind nicht sehr glücklich beim Gedanken, dass die Nichten auf Claudines hoch geschraubtem Hocker die Beine übereinander schlagen und uns, die wir anschreiben lassen, im Lager herumkommandieren, während sie jeden Drops, jeden Reißnagel auf einer Rechnung notieren, die dann am Nagel von unserem Küchenschrank als ewige Mahnung hängt.

Wir pfeifen auf Claudines fromme Gebete für das Erblühen unseres Dorfs. Wenn Fremde eine Ruine kaufen, tauchen Geschäftemacher auf. Wie Flöhe, die auf einen vorbeirennenden Hund springen. Wollen das Dach neu decken, die Fassade reinigen, die Kamine rußen und Insekten jagen. Sie gehen von Haus zu Haus, zücken die amtliche Bewilligung, das Dankesschreiben von Kunden in anderen Dörfern, das Vorher-Nachher-Fotoalbum. Sie drängeln sich in unserer Küche, bis wir das Taschenfutter aus der Hose ziehen und die leeren Hände drehen. Dann eilen sie ins Bistro, denn mit Leuten, denen das Kleingeld fürs Langbrot aus löchrigen Taschen fällt, ist kein Geschäft zu machen. Pierre sagt, jeder strecke ihm einen Werbekugelschreiber entgegen, damit er irgendeinen Auftrag unterschreibe. Er werde nie und nimmer unterschreiben. Der Hund belle. Pierre schreie. Und doch komme es vor, dass ein Aufdringlicher seine Finger packe, ins Stempelkissen drücke und wiegend auf dem Bestellschein abstreife. Nur so könne er sich manche Lieferungen erklären, die er zum Fluss trage, tragen müsse, damit nichts verschimmle.

Claudine hat es am schwersten. Von einer Ladeninhaberin, deren Registrierkasse so schrill klingelt, dass man es im Bistro drüben hört, lassen sich die Geschäftemacher nicht fortschicken. Kürzlich kamen Insektenforscher. Sie hoben eine Braue und erklärten, dass ihre Feldforschung gratis sei. Dann schlüpften sie in einen weißen Schutzanzug, schraubten metallene Verlängerungsstücke zu einem Rohr zusammen und schoben Claudine zur Seite. Auf jedem Treppenabsatz trommelten sie zum Schrecken des Holzwurms gegen die Radiatoren. Bald kehrten sie zurück. Gezeichnet, geknickt, über das Ausmaß des Schädlingsvorkommens im Dorf Montpeyroux. Sie sind ins Freie getaumelt, als müssten sie sich bei den Topfpflanzen am Rinnstein übergeben.

Bald sind wir eine einzige Ruine. Man erzählt uns nichts Neues. Wir spießen das Empfehlungsschreiben für die fachmännische Bekämpfung von Insekten zu den Rechnungen am Küchennagel. Die Visitenkarten werfen wir fort. Sie hören von uns!

Wir haben keine Absichten, keine Pläne. Wollen unter uns bleiben. Altern in Ruhe. Die Stille von Montpeyroux erleben. Und die Bilder passieren lassen, die im Lauf eines Tages vorüberschwirren wie die zarten Schatten der Fledermäuse.

Man stellt seinen Stuhl auf die Gasse. Man schleift ihn hinein ins Haus. Um ihn am nächsten Tag wieder auf die Gasse zu stellen. Ein Gang durch den Weinberg.

Einer durchs Sonnenblumenfeld, in dem wir Schritt um Schritt im Flirren der grellen Blüten und dem Staub unserer Erde versinken.

Den Brief an die Nichten hat keiner von uns gelesen. Doch was könnte Claudine schon schreiben? Versprechungen. Verlockungen. Schilderungen wunderbarer Hochzeiten. Zum Weinen schön, mes cocottes! Jeder Satz könnte am Kopf einer der Zeitschriften stehen, die Claudine im Laden verkauft. Aufschwung in Montpeyroux. Wissenschaftler als Herr der Villa Rosa. Zu jung, um hinter stockfleckigen Lederbänden einer Enzyklika zu versauern. Millionär hofft auf Braut. Besucht eure alte Tante!

Das Dorf weiß, dass die Nichten keine Zeit verlieren, wenn es um ein Abenteuer geht. Die Beine in Shorts, die Brust im Wonderbra, so eilen sie mit dem Tramperrucksack zur Straße. Mit einem Fernfahrer, der alle hübschen Tramperinnen einsammelt, rücken sie rascher, als uns lieb ist, auf der Straßenkarte vor.

Pierre fragt, ob wir uns an den bulligen Kerl erinnern, der im Bistro mit seinem nagelbespickten Kraftband den Takt seiner Kopfhörermusik auf den Tresen trommelte, so dass unsere aufhüpfenden Gläser am Boden zerbarsten. Solch ein Typ werde es sein. Während wir hier unseren Pernod trinken, donnert der Lastzug dieses Menschen mit voll aufgedrehter Musik in Richtung Dordogne. Und Claudines Cocotten nehmen die Füße erst vom Armaturenbrett, wenn der Lastzug in unsere Stille einbricht.

Unsere Vorstellungen jagen wie die Wolken, die der Küstenwind nach Montpeyroux trägt.

Stehen die Mädchen mit beladenen Früchtekörben aus Claudines Laden vor dem verrammelten Tor der Villa? Bittet der Anbeter der Stille sie, einzutreten? Die Mädchen haben am Strand bezaubernd lächeln gelernt. Und zeigen die zarte Biegung ihres Halses. Quieken vor Begeisterung über die zerschlissene, verblasste Eleganz der hohen, mit Seidentapisserien bespannten Säle.

Einer, der rote Krawatten trägt und Aftershave ins Gesicht spritzt, wird kein Mönch sein, mon vieux!, sagen wir zu Pierre. Die Villa Rosa braucht eine Hand, Luft, Licht und Sauberkeit. Und Leute, die diese Räume bewohnen.

Die Nichten nehmen sofort ein Bad, übers Handy mit dem Fernfahrer verbunden. Schwärmen von der Weitläufigkeit des Parks und den unzähligen leeren Zimmern, während Shorts und Wonderbras sich hinter dem Schauglas der Waschmaschine wälzen. Der Typ wird seine Ladung löschen und zurückdonnern nach Montpeyroux. Als Bodyguard der Nichten vielleicht. Als Boy für alles.

Wir sehen bekümmert dem Tag entgegen, da wir alle Schlüssel vom rostigen Drahtbund abgenommen haben und der Einfall dieser ortsfremden, motorisierten Menschen uns zwingt, die Füße aus dem Rinnstein zu nehmen, den Platz an der Theke ihnen zu überlassen, die bar bezahlen und keine Zeit zu verlieren haben. Sie sind voll Tatendrang und erfassen mit einem Blick, dass man aus Montpeyroux etwas machen könnte. Da müssten die richtigen Leute her. Ein paar Ideen. Ein bisschen Pfiff.

Tiens! Bewahrt sie gut, eure Schlüssel am Bund. Plötzlich kommt solch ein Unglücksvogel. Und will

Nägel mit Köpfen machen. Und dann brechen sie allerorts auf, die Meister der Wandverkleidung, der schönen Bäder, der behaglichen Wärme und der Pflasterkelle. Sie tragen Überkleider mit unzähligen eingenähten Taschen und Schlaufen zum Einstecken des Handwerkzeugs, ziehen gleich das Metermaß aus der Schenkeltasche, falten es auseinander. Und wir stehen ihnen im Weg.

Die Neugierde wird abgeschliffen von der Zeit, wie unsere Zähne oder die Sohlen unserer Schuhe, wie alle Dinge dieser Welt. Irgendwann macht man sich nicht mehr die Mühe, auf einer schwankenden Fuhre zur Villa Rosa zu holpern und sich an der Parkmauer den Hals zu verrenken. Wir schneiden unsere Weintrauben von den überladenen Stöcken, diesen Menschen in der Villa vergessend.

Bis einer auftaucht in Montpeyroux knapp vor Mittag mit grauem Anzug, weißer Weste und schwarzweißen Schuhen wie ein Galan. Ein Frotteetuch mit eingewobenem Hotelnamen hängt über seine Glatze. Dieses Individuum wird von zwei Koffern zu Boden gezogen. Es stellt sie bei den Bocciaspielern ab und setzt sich darauf. Beim zwölften Schlag der Turmuhr lacht der Mann gellend auf. Eure Uhr geht falsch!

Er krempelt die Ärmel hoch und lässt uns die Zeit von Montpeyroux mit derjenigen seiner Stahluhren vergleichen. Ein Dutzend an jedem Arm, die Uhrzeiger auf gleichem Stand, die Sekundenzeiger zuckend wie ein einziges Herz.

Ob richtig oder falsch, was kümmert uns die Zeit auf stählernen Uhren. Der Sonnenstand ist unsere Zeit, die

Reife der Trauben, die Himmelsrichtung der Blütenköpfe, die Vermehrung der Küchenmäuse, die Rückkehr des Pirols, das Gewicht der Schlüssel an unserem Bund und die Zahl der Ruinen.

Aus einem der Koffer unter seinen lang ausgestreckten Beinen zieht er eine Mausefalle. Es gibt gegen alle Missstände im Leben ein Mittel.

Ein freundlicher Herr. Reisender mit Waren aller Art. Ohne Namen. Ohne Adresse. Aber mit Herkunftszertifikat für seine aus erstklassigen Häusern stammenden Waren. Immer unterwegs. Immer auf der Suche nach vornehmen Häusern.

Wir deuten zum Fuß des Hangs. Er pfeift durch die Finger, verteilt ein paar aufblasbare Kissen und schleppt die Koffer in Richtung der Villa Rosa.

Claudines Nichten mögen freundliche Herren mit weißen Westen und Verbindungen zu den besten Häusern. Auch der bullige Typ wird das Eintreffen eines Individuums mit zwei Koffern voller Luftkissen, Brecheisen, Bibeln, Schmuck, Feilen und Waren aller Art begrüßen. Bald schon bindet dieser Herr sich sein Frotteetuch um die Lenden und geht durch die Säle. Als ein Mann, der aus Koffern lebt, genießt er es, Türen zu öffnen, Räume zu durchschreiten, sich aus unvergitterten Fenstern weit hinauszulehnen und unversperrte Schubladen herauszuziehen, um zu sehen, was es darin gibt und was fehlt, womit er dienen könnte. In den Nachttischen gibt es zum Beispiel keine Bibeln. Und die Ausstattung der Bäder wäre zu ergänzen.

Claudine lobt den Fleiß ihrer Nichten. Sind immer fröhlich, die beiden, gottbegnadete Sängerinnen mit reinen Glockenstimmen. Derweil wir hier reden, schütten sie eimerweise Dreck in die Büsche des Parks, polieren das Sternparkett, reiben an den Glasfenstern herum. Die guten Cocotten hauchen sich an den Fenstern der Villa Rosa die Seele aus dem Leib, so dass der Anbeter der Stille endlich den prächtigen Sonnenuntergang der Dordogne in all seinen Phasen und Farbübergängen betrachten kann.

Die Luft ist mit dem Duft von Akazienblüten beladen. Die Zikaden summen. Pappelschatten sprenkeln die Ebene. Am gegenüberliegenden Hang zittern keine Lichter. Dort endet dieser Planet. Es gibt nur Montpeyroux, denkt man. Aber hinter dem dunklen Hügelzug liegt das Meer. Dort rasieren unsere Jungen Pudelschnauzen, wenden Würstchen und schaufeln Eis in Plastikbecher. Dort schauen Herren mit selbst gedruckten Zertifikaten, Stahluhren und graviertem Silber unter alle Sonnenschirme, damit auch die versteckteren Badegäste nicht in die Stadt hineinlaufen müssen, um das Geschäft ihres Lebens zu machen. Und Fernfahrer warten zu Dutzenden auf hübsche Tramperinnen, die gerne einsteigen in polierte Lastzüge mit blitzenden Schraubkappen an griffigen Rädern, um zum hämmernden Takt einer Musik ins Blaue hineinzufahren.

Wir wandern durch den Weinberg. Plötzlich bleibt einer stehen. Mais non, mon vieux! Das ist nicht das Summen der Zikaden in den Feldern von Montpeyroux. Dieser durchdringende, dieser tragende und lang anhaltende Ton, der uns das Langbrot unter dem Arm zerdrücken lässt, das ist Sirenengesang. Das sind Claudines Nichten.

Vom Herrn in der Villa Rosa ist nichts in Erfahrung zu bringen. Ein großer Leser. Ein Schweiger. Hält sich in einem seiner hohen Zimmer im Westflügel oder Ostflügel auf. Während der Reisende seine Bibeln in die Nachttische legt. Und die Scherenschleiferin zum Gesang der Nichten einen Kunden im Himmelbett so wildwütend bedient, dass das Messinggestänge klirrt. Und zwischen ihren herabhängenden Beinen klopft der bullige Typ mit dem Nagelkraftband den Takt aufs Sternparkett.

Es würde uns nicht wundern, wenn Monsieur im Ost- oder Westflügel von diesen Vorgängen überhaupt nichts merkt. Was träumt einer wie er? Man weiß es nicht. Vom Holzwurm, der sich durch seine Bücher frisst und in sein Bett legt? Wie der Holzwurm seinen aufgedunsenen Schraubenleib an den Schläfer schmiegt? Und wenn der große Schweiger am Morgen das Lesezimmer betritt, hockt der Holzwurm schon auf dem Drehstuhl und wirbelt im Kreis herum.

Wir lachen über die Sorge von Claudine, dass die Mädchen Hungers sterben, weil hier niemand weiß, wovon der Anbeter der Stille lebt.

Sie werden keine Reißnägel fressen, die kleinen Cocotten. Sie leben wie Gott in Frankreich, trinken den Champagner aus ihren Schuhen. Und der bullige Typ stemmt eine auf jedem Arm zum kristallenen Saallüster hinauf, so dass die eingefärbten Rotgoldsträhnchen aufleuchten in ihrem Haar und die tätowierten Schmetterlinge auf ihren Schultern schillern. Der Herr mit der weißen Weste füttert sie mit Delikatessen, die er ihnen auf die Zunge legt, und schaut zu, wie sie Stück um Stück mit geschlossenen Augen im Mund zergehen lassen.

Wir haben diesen Herrn auf der Bocciabahn vor unserer Kirche kennen gelernt. Ein Überpünktlicher. Ein Verächter des Unvollständigen, der mit schweren Koffern abgelegene Weiler bereist, um Herrschaften zu einer vollkommenen Ausstattung zu verhelfen, vom Monogramm auf der Serviette über Badetücher mit eingewobenem Namen, der privaten Bibel bis hin zur Seife mit der persönlichen Note im Bad. So ein Mensch trinkt nicht aus der Flasche, sondern füllt den Wein in kristallene Karaffen, setzt den Damen einen Blütenkranz aufs Haar und zaubert pünktlich zur Essenszeit rosenbestreute Gedecke und graviertes Silber auf den mit Damast gedeckten Tisch. Sie essen, sie trinken, sie fallen einander vor Rührseligkeit in die Arme. Sicher gibt es in der Villa Rosa einen Konzertflügel. Und dieser weit gereiste Herr spielt zum Gesang der Sirenen, die wippenden Arme wie Schwingen über die Tasten gebreitet. Die Scherenschleiferin hat sich in einen Seidenvorhang gewickelt, dessen Troddeln beim Tanzen um ihre Hüfte schwingen. Ihr Kunde biegt sie rückwärts bis auf den Boden, wiegt sie, schnellt sie mit einem Ruck in die Höhe. Und das Miststück kreist mit schaukelndem Hintern um seinen ausgestreckten Zeigefinger, den Blütenkranz schräg über einem Auge. Und der Fernfahrer auf Knien küsst sich über die Tätowierungen auf den Schultern der Mädchen bis zum strammen Ärschchen hinab. Diejenige mit dem Handy steckt einen Finger ins Ohr, damit keine Geräusche sie stören, während sie mit ihren Bekannten am Meer telefoniert, während der Herr in weißer Weste den Puls in ihrer Leiste erforscht und mit dem Vorhüpfen der Sekundenzeiger auf seinen Stahluhren vergleicht.

Auf Claudines Cocotten!

Ein schöner Abend. In der Villa Rosa schwankt der Boden, dem die Holzwürmer die Balkenlage weggefressen haben. Die Gäste müssen sich aneinander klammern, einander stützen, um nicht über die Teppichfalten zu stolpern.

Während sich allmählich eine Schicht Staub auf diesen lesenden Menschen in seinem Ost- oder Westflügel, auf dieses mit seinem Buch, seinem Stuhl und den zerscharrten Holzmehlhaufen unter dem Stuhl verwachsene, vorgeneigte Faktotum setzt. Und in einem Jahr oder zwei oder zehn Jahren bricht das Sternparkett unter ihm ein. Und dieser Lesemensch sackt, samt Stuhl, samt Buch und Akten mit Gepolter in den Keller.

Dann, mon vieux, herrscht wieder die alte vollkommene Stille in Montpeyroux. Einen letzten Pernod, Pierre! Auf die Ruine der Villa Rosa!

Zitternde Zeitung

Das himmlische Jerusalem wird Wirklichkeit werden, behauptet der Fernsehsprecher. Nach Erfüllung der Prophezeiung wird nichts mehr so sein, wie es war. Die Gläubigen seien aufgebrochen und strömten jetzt von überallher zum Ort der Verheißung.

Die Kamera übermittelt Bilder von Hoffenden. Ihre Zahl erstaunt. Ein Feld von Verzückten. Singend fallen sie auf die Knie, schwenken die erhobenen Arme wie Ähren im Wind, neigen sich vornüber und küssen den Boden. Sie seien aus allen Richtungen an diesen Ort geströmt, um gemeinsam die Erfüllung der Prophezeiung zu erwarten.

Das Objektiv holt Einzelne aus der Menge heraus. Lächelnde. Das Gesicht wie von innen erhellt, Licht in den Augen. Sie hätten abgeschlossen mit dem alten Leben, ihre Habe verkauft oder verschenkt, die Tiere freigelassen, den Arbeitsplatz aufgegeben und ihre Verwandten ein letztes Mal umarmt. Dann seien sie aufgebrochen. Jetzt seien sie frei, bereit für das verheißene Reich. Es wird herrlich sein, unvergleichlich, von einer Vollkommenheit, wie wir sie uns mit unserem beschränkten Verstand niemals ausmalen können.

Mein Mann schlägt sich laut lachend auf die Schenkel. Die haben doch von Tuten und Blasen keine Ahnung. Durchgestylt wie die sind, in ihren weißen Klamotten und mit Bändern im Haar. Als Versicherer glaubt er ans Kleingedruckte und die Mühsal des Tages. In seiner Zeitung steht, die Talsohle sei erreicht, es gehe nun wieder aufwärts. Er macht weniger Abschlüsse. Das ist ein Fakt. Das ist mit Zahlen zu belegen. Dies, mein Herz, ist die Wirklichkeit.

Die Wirtschaft investiert, man baut Positionen aus. Da muss er als Versicherer neue Argumente auf den Tisch zaubern, um zu einem Abschluss zu kommen. Risiko, Tod, Herzschlag, Schluss und Sense, Kumpel.

Ein Feuerball werde vom Himmel fallen, behauptet eine Seherin. Küstenstriche versinken im Meer und ein Luftgeist fegt über die Länder der Erde.

Die Zuhörer fallen vornüber.

Ich sehe tausend Blitze, sagt die Seherin. Wer glaubt und ihr folgt, wird den heiligen Boden erreichen und bleibt verschont.

Die Gesichter der Zuhörer sind verklärt von einem Glück, das ich nicht kenne. Als seien ihnen alle Gewichte abgenommen. Die Sorgen, das Planen, das Raffen, das Wünschen, das Bewähren. Alles eitel Tun. Sie haben es über die Schulter geworfen, jetzt warten sie mit erhobenen und leise schwingenden Armen. Eine Woge im Wind.

Ich kann meinen Blick nicht vom Bildschirm lösen. Das Verzücken der Hingelagerten ist mir unbegreiflich. Dieser Teppich glücklicher Menschen.

Ich verliere mich in den Gesichtszügen Hingerissener. Wenn ich Leute am Bahnhof oder Flughafen aufeinander zufliegen sehe. Oder Verliebten begegne, die sich in ihrer Umarmung vergessen. Oder wenn das

Freudengeheul eines Hundes seinem Herrn entgegenschlägt, dann vergesse ich meinen Weg. Menschen erblühen von einer auf die andere Sekunde. Und ich kann mich nicht satt sehen an ihrer Verwandlung.

Was ist?, ruft ungeduldig mein Mann. Warum erstarrst du zur Salzsäule?

Doch wie kann ich einem Versicherer mein Hingerissensein erklären? Ich sammle den Ausdruck von Glück. Wie andere Leute Pornographie. Das kann er verstehen, die Faszination einer Peepshow. Auf enthaltsame Leute wirkt nichts so prickelnd wie Pornographie. Der Reiz liegt in der Balance von Ekel und Lust.

Ich arbeite halbtags im Institut für Schädlingsbekämpfung. In der Frühe hole ich die Post, leite sie an die zuständigen Abteilungen weiter und bereite dann die eingesandten Proben für das Labor vor. Für den Rest des Vormittags lege ich Akten ab.

An meiner Wand hängt die Vergrößerung von einer Filzlaus, die ihrem Jungen das Krabbeln auf Menschenhaar beibringt. Das Kleine wiegt sich an der Haarspitze wie auf einem Bambusrohr und schlägt die Klaue um den Schaft. Und ich suche in der verschrumpelten Maske seiner Mutter ein Zeichen von Glück.

Als ich die Aktenablage zum ersten Mal betrat, bin ich zurückgewichen vor dem übergroßen Insekt. Eine Woche lang wurde mir bei seinem Anblick schlecht und ich setzte mich mit dem Rücken zur Wand. Aber jetzt steht mein Stuhl dem Bild gegenüber. Und ich sage mir, dass die Filzlaus sich ans Klicken meiner Ordner und Metallbügel gewöhnen wird. Sie freut sich über das Wippen ihres Jungen auf der Haarspitze. Und eines Tages werde ich das Zeichen ihrer Seligkeit erkennen und zu meiner Sammlung tragen.

Unser größtes Problem sind Schaben. Sie schätzen beheizte Räume. Hinter Spülen, Kühlschränken und Waschmaschinen vervierzigfachen sie sich alle sechs Wochen. Fast alle Krabbler übertragen gefährliche Keime.

Mein Mann will das nicht hören. Euer größtes Problem ist das Ausgeben des Fonds zur Förderung der Wissenschaft. Was unternehmt ihr gegen die Plagen? Eure Biochemiker falten die Hände und starren ins Mikroskop.

Wenn er so arbeiten würde! Wenn die ganze übrige Welt so arbeiten würde! Stell dir die Pleite vor! Glücklicherweise ist auf die Wirtschaft Verlass. Die nächsten Jahre werden große Veränderungen bringen. Die planen doch überall, meint mein Mann. Die sind doch weltweit fieberhaft dabei, als Erste eine neue Technik, Methode oder ein neues Material auf den Markt zu werfen.

Was machst denn DU den liebenlangen Nachmittag?, fragt er beim Durchblättern der Zeitung. Er will keine Antwort. Diesen Satz will er sagen, wenn er nach so vielen Kunden und Türen und Fahrtkilometern, oMann oMann, ins Polster sinken darf.

Und nach einer Weile brummt er und fasst seine Vorstellung von meinem Nachmittag zusammen: Auf dem Heimweg vom Institut würde ich Süßigkeiten kaufen. Und dann legte ich mich mit einer Zeitschrift aufs Sofa und naschte, während den ganzen Nachmittag der Fernseher läuft. Vor zehn Jahren hätte er keinem geglaubt, dass er mit mir noch heute zusammen wäre, vereint in guten wie in schlechten Tagen. Hör auf zu lachen!

Du warst einmal ein nettes Mädchen.

Wir wohnen in einer Kleinstadt. Man begegnet immer denselben Leuten. Wir kennen ihre Namen nicht. Die Kunden meines Mannes wohnen auf dem Land. Dort fürchten sie Feuer und Autodiebe, den Blitz und plötzlich auftauende Kühlfächer. Die Hagelkörner sind so groß wie Hühnereier. Auf den abschüssigen Straßen verlieren sie in Stöckelschuhen den Halt und schlittern im Lottosaal beim Empfang ihres Tête-à-tête-Services über das gebohnerte Parkett.

Ich verbringe die Stunden des Nachmittags, ich weiß nicht wie. Schramme übers Kopfsteinpflaster, höre aus einem offenen Fenster das Plärren von Musik und treffe in der Allee manchmal den Alten, der das Maul aufsperrt, um mir seinen Reißzahn zu zeigen. Er ist braun und gewaltig, gut genug für das bisschen Fleisch, das er zerfetzen muss.

Ich bestätige, der Zahn von einem Tiger. Der Mann lacht. Er sei zu alt für neue Zähne. Ja, wenn seine Frau noch lebte. Er tastet nach der Tabaksdose. Eine Schnur hält seine Hose, weil das Äußere ihm nichts mehr gilt. Er ist froh, dass er die Errichtung des himmlischen Jerusalems auf Erden nicht erleben muss, sondern an einen anderen Ort zu seiner Frau gehen kann. Umständlich dreht er eine Zigarette und schnüffelt daran.

Wo ist ihr Hund? Jeden Tag fragt mich der Alte nach meinem Hund. Dann fällt ihm ein, dieser Hund ist tot. Er blinzelt zum Himmel. Eine schöne Sonne, sagt er dann. Er möchte den letzten Rest Wärme nutzen. Man weiß ja nicht, ob Gott zulässt, dass man morgen noch einmal auf der Parkbank sitzt.

Manchmal gehe ich ins Bistro. Da sind viele junge Frauen. Sie schwatzen und blättern im Kalender und gestikulieren und wühlen in ihren Taschen. In ihrem Leben scheint unendlich viel zu passieren. Sie haben unendlich viele Termine. OmeinGott, sie schlagen seufzend ihren Kalender zu.

Mir passieren keine Aufregungen und ich muss keine Merkdaten ins Taschenkalenderchen der Versicherungsgesellschaft eintragen. OmeinGott, möchte ich seufzen, die Filzlaus wartet, ich bin in Eile. Und mit Kusshand nach allen Seiten aus dem Bistro stürzen. Aber in Wahrheit erwartet mich morgen im Institut nur ein Bild.

Zukunft ist für jeden etwas anderes. Für mich bedeutet sie ein neues Plakat, denn im Institut werden diese immer ausgewechselt. Die Gelbfußtermite folgt auf den Brotkäfer, der Dörrobstmotte folgt der Katzenfloh, und die Zecke folgt auf den Silberfisch. Danach sitze ich eine Weile dem Menschenfloh gegenüber und betrachte sein überdimensioniertes Beißwerkzeug, seinen Stechrüssel, seine Greifer. Meine Zukunft sind die Subtropler, die Blutsauger und Keimübertrager.

Wenn ich erwache, denke ich an meine Sammlung von Glücksmomenten. Und dann an das Insekt, in dessen Anblick ich nun für ein paar Stunden versinken werde. Ich frage mich, ob es sich dafür aufzustehen lohnt? Aber vielleicht ist dieser Anblick attraktiver als alles, was meinen Mann an diesem Tag erwartet. Die Schadensereignisse des Lebens. Wenn er zurückkehrt, wird er erschöpft sein vom Treppenlaufen, Zuhören und Trösten. Er sieht mich. Und dann schlägt er die Zeitung auf in der Angst, dass die Börse zusammengekracht sein könnte.

Und nichts ist ihm ein Trost.

Wovon träumt mein Mann? Von einer wunderbaren Häufung der Schadensereignisse? Einem Eisregen, der sein ganzes Rayon in eine unüberwindliche Glatteisfläche verwandelt. Oder einer Einbrecherbande, die sein Gebiet breit abdeckt. Oder von kohlkopfgroßen Hagelkörnern und Feuersbrünsten. Dass er gerufen wird. Und Angstgeschüttelte vorfindet, die verkrampft dahocken, die Arme über dem Kopf, während er Formular um Formular ausfüllt, das sie eins ums andere tränenblind unterschreiben. Dass er flächendeckend Policen aushändigen kann.

Ich winke dem Kellner, der Fenstertisch wünscht noch Kaffee.

Die Tage sind lang. Endlos. An den Sommerwochenenden flattern Festfahnen in unserer Stadt. Mein Mann verschenkt Karten fürs Openair-Konzert. Und dann strömen die Landbewohner herbei, belegen alle Parkfelder in unserer Stadt und blockieren das Quartier. Wir sind gehalten, unsere Hunde nicht auf die Festplätze zu führen. Die Zufahrtswege sind verbarrikadiert, die Stadt muss großräumig umfahren werden. Der Zirkus fährt auf, Musikkapellen marschieren ein, Vereine errichten Zelte, Theatertruppen spielen auf dem Platz und an der bewimpelten Rennstrecke klatscht man den Powermen Wasser ins Gesicht. Zelte werden aufgerichtet und auswärtige Gäste in die Parkfelder vor der Stadt eingewiesen. Das Gedudel der Musik, das Schreien der

Betrunkenen, das Anwerfen der Automotoren und das Kreisen der Fahrer auf der Suche nach einer Lücke in der Barrikade hält uns bis zum Morgengrauen wach.

Wenn die Tage abkühlen, werden die Säle für Vereinsanlässe, Ausstellungen und Messen geöffnet. Im Herbst bringt ab und zu ein Reisebus noch ein paar Besucher. Die knipsen dann den Hauptplatz mit seinen Bürgerhäusern, den bemalten Rundgiebeldächern und kunstgeschmiedeten Handwerksschildern. Eine Stadt am Weg, ideal für das Album. Ideal für eine Pause. Ein Viertelstundenmarsch von einem zum anderen Ende. Hopp-und-hopp und kreuz und quer durch alle Gassen, die Arme hoch zum Giebel, in die Knie und ein Abschiedskuss aufs Pflaster. Nach den Lockerungsübungen zur Toilette. Und hinein in den Bus. Dann werden die Brunnen gereinigt, Rabatten und Rondelle auf öffentlichen Plätzen mit winterfesten Blumen bepflanzt. Die Stadt gehört uns. Nebel hängt über dem Fluss. Die Alleebäume tropfen und Hunde wirbeln beim Ballspiel die matschige Erde auf.

Es gab Augenblicke, da sah es so aus, als ob es mit dem Versicherer und mir klappen könnte. Wir hatten Freunde. Es gab Partys. Oder vielmehr ein großartiges Wort für langweilige Abende. Irgendein lampiongeschmücktes Eigenheim in einem Außenquartier. Und unsere Radkappen berührten die Bordsteine auf der ganzen Länge der Einfamilienhausgärten. Schallwellen von Gelächter geleiteten die Neueintreffenden über die Granittreppen einem erleuchteten Wohnzimmer zu. Man schnappte sich ein Häppchen von Feinkost-Lüscher, ließ sich von jedermann umarmen, in der abgewinkelten Hand ein Glas Wein. Ich zwängte mich aufs Sofa zwischen die Eingekeilten. Mein Mann lagerte sich vor dem Kamin und stocherte von Zeit zu Zeit im Feuer. Alle hatten wir sonnenbraune nackte Schultern und Strähnchen im Haar und riesige Plastikblumen an den Ohren und auf den Schuhen. Alle kannten Inseln und Strände mit klarem Wasser. Und Boys, die in den Dünen auf Ehefrauen mit blonden Strähnen und Plastikblumen an den Ohren und auf den Schuhen lauern. Die Frauen schickten perlende Gelächter zur Galerie und die Männer gebärdeten sich als Betrogene. Alle gelobten eine Party. Alle hatten dieselbe Illusion. Wir waren ein Bund, eine Klicke, Die-es-geschafft-haben. Jedes Paar die Visitenkarte der anderen Paare. Ich sprayte Minze in den Gaumen, ehe ich ans Reihum-Küssen ging. Dann riss das Schlagen von hundert Türen das Einfamilienhausquartier aus dem Schlaf. Wir zerstreuten uns. Und das war's.

Heute erinnere ich mich nicht einmal mehr an ihre Namen. Die Streufunken von Glück sind erloschen. Für meine Sammlung blieb nichts zurück.

Einmal im Monat stellen Marktfahrer ihren Stand in der Innenstadt auf. Dann herrscht Gedränge und Geschrei. Es duftet nach gerösteten Nüssen. Es werden Haushaltsartikel, Putzmittel, Schafwollpullover, Kräutertees, Gebrauchtbücher und Nähzeug feilgeboten. Die Vorführerin zeigt das Verknoten von Schals mit Hilfe ihrer Brosche auf zwanzigerlei Weise. Und die Schar der jungen Frauen flattert von Stand zu Stand. Sie halten sich Schmuckstücke an den Pullover, lassen sich samtene Schlapphüte aufs Haar setzen und schieben den Fuß in eine Stiefelette. Wenn der Italiener mit der Stange eine Traube von Flechtkörben an den Stoffbaldachin hängt, fällt mir die Wanderschaft der Schädlinge ein. Sie nisten sich ins Weidegeflecht und reisen mit dem Korb. So gelangen sie überallhin. Die Pharaoameise dringt selbst durch eine geschlossene Kühlschranktür. Sie ist der Schrecken des Parasitologen, der Horror der Krankenhäuser. Mit ihrem feinen Geruchssinn wühlt sich das Insekt dem Frischoperierten unter den Verband, um an der Wunde zu knabbern.

Ich wünschte mir einen Weidenkorb für die Reise der Königin der Pharaoameise. Mein Mann nahm mir den Weidenkorb einfach aus der Hand, um ihn dem Marktfahrer zurückzureichen. Ich war wütend. Ich schrie, ich bin eine erwachsene Frau. Aber er hörte nicht hin.

Im Bistro eilt der Kellner mit einem dritten, einem siebten oder zehnten Kaffee zum Fenstertisch. Und der Alte steht still, klopft an die Scheibe, reißt das Maul auf und deutet auf den Zahn. Dann zeigt er unter meinen Tisch. Der Hund, wo ist Ihr Hund?

Langsam wandert das Licht über die vier Kupferdrachen des Kirchturms. Und plötzlich stehen Fenster und Traufen in Flammen. Der Feuerball der Seherin fällt mir ein. Jetzt stürzt er auf ein verheißenes Land hinter dem verblassenden Berg. Ich könnte dort am Ufer stehen, ein Winzling im Rammen des Ozeans, dem die urzeitliche Bewegung des Wassers beibringt, was zählt und was nicht zählt.

Ich bleibe bis zum Feierabend im Bistro sitzen. Zu Hause bin ich allein. Wenn die Landbewohner Feierabend machen, erwartet sie vor ihrer Haustür mein

Mann. Das ist seine Zeit. Jetzt schlägt er die Lasche seiner Kalbsledermappe auf. Die Suche nach Lücken in allen denkbaren Ereignisfällen beginnt. Und die Heimkehrer haben diesem Schrecken nur ihre Müdigkeit entgegenzusetzen.

Wenn die Marktfahrer mit ihren Lastern die Stadt verlassen und das Bistro schließt, fällt die Stadt in Stille. Ich wandere nach Hause. Natürlich gäbe es da noch die Bar mit Haltsuchenden an der Theke. Etwas nackte Haut, das Zucken von Tanzenden, einer, der ab und zu die Gläser unter einem Faustschlag aufhüpfen lässt, einer, der in die Ecke kotzt, und einer, der «Fuck the police» auf die Wände der Unterführung sprüht. Aber am Abend gehe ich nie aus, denn ich fürchte die Dunkelheit und den einsamen Weg durch unser parkähnliches Quartier. Ich gehe fröstelnd durch die Zimmer. Die Wohnung ist kühl.

Im Gegenteil, behauptet mein Mann. Die Wohnung sei überheizt. Du hast eine schlechte Zirkulation. Oder es ist deine fixe Idee, dein gewisses Alter. Du musst dich abhärten. Einspannen in Body-Maschinen und treten, treten, Gewichte stemmen. Verstanden? Nichts verstehst du! Knöpfst dich in dein dünnes blütenreines Schädlingsbekämpfungsschürzchen und stolperst durch deinen lebensfernen Tag.

Mein Mann friert nie. Aber er ist ja nie da. Er redet sich in fremden Wohnungen warm.

Gibt es Schnee? Als ich jünger war, wünschte ich einen ewigen Sommer, ewig spielende Orchester und ein ewiges Zittern von Neonlichtern auf dem See. Ja, das war mein Traum. Ein Tanz ohne Ende in jemands

Arm, versunken in jemands Blick. Und dann kam der Versicherer.

Jetzt legen die Jahreszeiten sich aufeinander. Wie Herbstlaub schichten die Jahre sich auf, höher und höher, bis man nichts mehr vom Grün der Wiesen sieht.

Ich warte auf die Heimkehr von meinem Mann. Ich tue nichts. Den ganzen Abend hänge ich herum, nehme eine Zeitschrift zur Hand, lese ein paar Seiten, lege sie wieder weg. Sitze einfach da, die Hände ineinander gelegt und warte auf den Donnerschlag der Tür.

Ich kann mir meine Schreckhaftigkeit nicht abgewöhnen. Denn ich bin froh, dass er kommt. Ja, ich bin erleichtert. Ich schließe die Augen und mahne den Herzschlag zur Ruhe. Nun muss ich keine Angst mehr haben, wenn eine Sirene am Haus vorüberheult oder das Telefon klingelt. Dies ist für eine Schreckensmeldung die falsche Adresse.

Wie gewohnt schwingt der Versicherer seinen Mantel an den Haken, streift die Schuhe ab und reißt im Vorübergehen die Zeitung vom Tisch. Er beachtet mich nicht. Weder die starre Haltung einer Aufgeschreckten. Noch, dass mir kalt ist. Er wirft sich sofort mit der Zeitung in den Sessel. Sofort errichtet er zwischen uns eine papierene Wand. So dass ich den Satz verschlucke, ob er müde sei. Zu Tode erschöpft? Ich ersticke, noch ehe ich erfahre, was ihm fehlt.

Ich denke an meine Sammlung von Glücksmomenten. Eine Filzlaus, die ihr Junges wiegt, ist darin enthalten. Verzückte Gläubige. Und ein Greisengesicht.

Mein Mann wird nie etwas vom alten Mann erfahren. Wie ich da im Bistro sitze und traurig bin. Und das Geflatter der Damen mit ihren roteingekreisten Terminen mir das Gefühl gibt, dass ich von allen Ereignissen abgeschnitten bin, außerhalb von weißnichtwas. Ich bin einfach herausgefallen. Aber das Schlimmste ist, dass ich nicht einmal weiß, wo ich herausgefallen bin. Wie soll ich dir das erklären, Lieber? Es ist eine Verzweiflung ohne Worte. Man kann ihr nicht auf den Grund gehen. Diese Verzweiflung ist ein bleiernes, unergründliches Meer. Ich kann mir nichts vorstellen, das außerhalb dieses Meers liegt. Kein Ufer, keinen Lichtreflex, keinen fortführenden Weg.

Dort bist du. Hier bin ich. Und in unserer Mitte die steil aufgerichtete Zeitung, diese zwischengeschobenen Ereignisse der Welt. Da ist null Verständigung.

Ich weiß nicht, wie die Zeit vergeht. Ich bin steinalt. Fünfundvierzig Jahre. Ich ziehe den Rock hoch und öffne die Schenkel. Das ist mein Höschen. Das bin ich, der blaue Engel. Die Sünde. Je t'aime mon amour o comme je t'aime. Er gähnt hinter seiner Zeitung in die schwarze Zahlenhalde der Börse.

Seit dreißig Jahren sucht er Kunden in ihrem Heim auf. Was geht in den fremden Wohnungen in ihm vor, da er sich dort nicht hinter einer Zeitung verbergen kann? Er strafft seine Kleidung, rückt die Krawatte zurecht und setzt sein Lächeln auf.

Ein Vertrauen erweckender Eindruck: Das ist nicht gottgegeben, mein Herz. Keiner fällt so vom Himmel. Da musst du den Hintern zusammenkneifen. Hemdkragen, Kleidung, Schuhabsätze, Autositze immer picobello. Der Wichs, deine zweite Haut. Das ist Arbeit. Stell dir vor, du hast unterwegs einen Platten und wechselst ein Rad. Und zehn Minuten später musst du in einer fremden Wohnung stehen, duftend nach Aftershave, mit sauberen Fingernägeln und wie aus der Konfektionsabteilung gespuckt. Musst mit fremden Leuten sprechen. Musst zuhören und auf Einwände eingehen. Verkaufspsychologie, mein Schatz! Er schafft vielleicht acht Kunden am Tag. Überall dasselbe. Sprechen, zuhören, eingehen. Einen guten Abschluss im Auge. Es ist eine Anstrengung. Es macht müde. Diese Arbeit kann keines Menschen Bestimmung sein. Der beste Augenblick ist, wenn er zum Auto zurückkehren und zu Hause in seinen Sessel sinken kann. Dann fällt alles von ihm ab. Dann spürt er die bleierne Müdigkeit. Das Meer der Verzweiflung, dann breitet es sich in seiner ganzen bleiernen Schwärze aus. Das ist das volle Programm, der Durchlauf von A bis Z. Die blöd lächelnden Endzeitengel haben doch keine Ahnung.

Nicht lange her, dass wir mit dem Hund Abendspaziergänge machten. Wir warfen den Ball oder ein Holzstück, sahen dem hellen, durch die Allee fliegenden Fellfleck nach und warteten, dass er zurückkehre. Wir beugten uns beide lachend über den Hund, zausten ihn, nannten ihn bei all seinen Kosenamen. Und manchmal trafen sich dann unsere Hände in seinem Fell. Vor einigen Monaten wurde der Hund krank. Man musste ihn einschläfern. Wie er mich angeschaut hat, als er die Todesspritze bekam. Plötzlich ist er in die Knie gesunken, ein Staunen im Blick. Dann brachen seine Augen. Als würde eine graue Decke langsam über die Pupille gezogen.

Der Tod ist ein Fakt, sagt mein Mann. Erklärbar, aber unbegreiflich. Tot und zack! Gefällt wie ein Baum. Was ist daran tröstlich, außer der Versicherungspolice? Und wenn mein Mann dann mit dem Barcheck daherkommt. Seinetwegen müssen einmal keine salbungsvollen Reden gehalten werden. Das Wort ist nicht erfunden, das Tote zurückholen kann. Alles geschenkt: das Geweine, Gejammere, Getröste und die Hundsblicke der Trauergäste, dieser ganze von Blumengebinden begleitete Klamauk.

Mein Mann weiß, dass ich es nicht ertrage, wenn er so redet. Ich stelle den Fernseher lauter und konzentriere mich aufs Bild. Auf die Glücksgesichter. Auf Katastrophen. Speiende Vulkane. Der träge Zopf eines Lavastroms, der sich meinem Sofa entgegenwälzt. Das Donnern von Staublawinen. Der Kamin eines Tornados, der Hausdächer, Bäume, Möbel und Autos aufwirbelt und herumspuckt. Nahaufnahmen von bestürzt herumirrenden Betroffenen. Ich habe alles verloren, sagen sie und weinen. Und ich werfe mir Crackers in den Mund.

Was interessiert den Versicherer außer dem Wirtschaftsteil seiner Zeitung? Außer seinem Spiegelbild und außer der Speise auf seinem Teller? Was könnte ihn bewegen, die Augen auf mich zu richten? Jetzt, da der Hund tot ist. Und mein Mann sich leergetrauert hat.

Kannst du dir vorstellen, dass vor fünfzehntausend Jahren alle Menschen Nomaden waren? Alle waren Jäger und Sammler. Dann lernten sie Tiere zähmen und bauten Früchte an.

Welche Früchte?, fragt er mich.

Ich antworte, dass ich es nicht weiß, Äpfel, Pfirsiche, Holunder, Kastanien, nehme ich an.

Er mag keine Früchte. Und keine Weidenkörbe, um frisch gepflückte Früchte darin herumzutragen. Ein Liebhaber von böhmischem Glas.

Diese Kette der Generationen, sie geht mir nicht aus dem Kopf. Diese aufblühenden und verschwindenden Völker. Menschen, die weinten und tanzten und lachten und liebten und hassten. Deren Gräber man jetzt entdeckt und aushebt. Man findet Arsen in ihren Haaren. Einige waren voll gepumpt mit Drogen. Sie waren ausgestattet für ein Leben in einer anderen Welt. Und jetzt sind sie im Museum zu besichtigen, mitsamt ihrer Ausrüstung, mitsamt ihrem um die Knöchelchen leiernden Schmuck, ihren Schädelverletzungen und Rheumagelenken.

Ihre Worte sammelte der Wind. Ich mag diese Vorstellung. Dass da ein ewiges Geraune der Altvordern in der Luft wäre. Und ich nur zuhören müsste. Eine Stimme sagt, was kann ich dir versprechen, was neu ist. Was kann ich dir geben, was nie da gewesen ist? Es gibt immer einen schönsten aller Augenblicke. Und diesem folgt ein ernüchternder Morgen. Schritte verhallen. Und dann wird es still.

Die zweite Stimme antwortet, erinnere mich nicht, ich will nicht daran denken. Es ist bitter.

Und dann wieder die erste Stimme. Du hast Gänsehaut, du zitterst, du bist blass geworden.

Es fallen unvermeidliche letzte Worte. Das Paar trennt sich. Ein jeder geht in die entgegengesetzte Richtung. Die Schritte werden leiser und verlieren sich. Ein jeder lauscht in die Stille.

Du bist nicht bei Trost, sagt mein Mann. Fern von

allem. Würdest in ein himmlisches Jerusalem passen. Du mit deinem reinweißen Schürzchen bist der Prototyp der Auserkorenen. Fehlt dir nur noch ein Satinband im Lockenhaar.

Manchmal schlage ich die Hände vors Gesicht. Was soll irgendeinmal anders werden?

Vor uns liegt noch ein halbes Lebensalter. Wir können noch Jahr und Tag zusammen verbringen. Wie stellt der Versicherer sich das vor?

Es geht uns gut. Beide haben eine Checkkarte und gegenseitige Unterschrift bei der Bank. Die Steuererklärung ist ausgefüllt, das Testament geregelt. Gott sei Dank haben wir alles. Das enthebt uns der Mühe, die Weihnachtswünsche des anderen zu erforschen.

Du müsstest dankbar sein. Jeden Tag einen Strich an die Decke machen. Aber du zerbrichst dir den Kopf, wer weiß, worüber. Jedenfalls kann man nicht mit dir über die normalen Dinge des Alltags reden. Zum Beispiel über die Müdigkeit eines Mannes im gewissen Alter. Oder über die Marktentwicklung. Du hast keine Idee, was ein Blue Chip ist. Wahrscheinlich sprichst du nur mit überdimensionierten Parasiten. Fünfzehn keimfreie Jahre im Institut haben dich zur Schädlingsgefährtin mutiert. Lass dich anschauen! Die Höcker deiner aufgebogenen Schultern, sind das nicht erste Anzeichen eines Schuppenpanzers?

Ich spüre das Pochen meines Bluts. Ich möchte ihn schlagen.

Der Tigerzahn des Alten fällt mir ein. Und dann muss ich an die Geschichte der Menschheit denken. Sie ist eine Kette von mutigen Entscheidungen und kühnen

Taten. Plötzlich begann einer, seine Bitte um Tierbeute in die Felswand zu kratzen. Plötzlich kroch eine Gruppe von Menschen aus der Höhle und umzäunte ein Feld. Daraus erwuchs eine Stadt mit genau abgezirkelten Quartieren, Wasserleitungen, Straßenzügen, öffentlichen Gebäuden und Befestigungswällen. Plan folgte auf Plan. Tat auf Tat. Was weiß denn mein Mann! Sie trieben Handel, unsere Vorfahren. Sie rechneten auf Tafeln. Sicher gab es schon damals einen Ehemann, der sich diese Tafel ständig vors Gesicht gehalten hat. Und so brausten die Jahrtausende dahin. Und an irgendeinem unbedeutenden Punkt in dieser Kette erscheine ich. Die Frau des Versicherers.

Ich beobachte ihn. Oder besser: Ich beobachte das Zittern der Zeitung. Er müsste inzwischen den Börsenbericht auswendig kennen. Alle Tendenzen. Die Rentabilität und die Liquidität. Die Gerüchte und das Dementi dieser Gerüchte. Seine Hand angelt nach dem Weinglas.

Vor uns das halbe Leben, nicht mehr, nicht weniger, Mann. Leg die Zeitung weg, wir reden!

Worüber?

Ich kenne die Antwort des Versicherers. Seine erhobene Braue. Den Ausdruck von Spott. Was hätten wir beide zu bereden? Über die wahrhaft wichtigen Dinge kann man ohnehin nicht sprechen.

Zum Beispiel?, frage ich.

Ach!, antwortet er.

Du willst nicht reden. Gut, Kumpel! Dann die übliche Nummer. Der übliche gemütliche Feierabend. Wir zappen uns durch dreißig Programmpunkte Elend der

Welt, die Füße auf dem Salontisch, eine Schale mit Crackers auf der Brust. Und lachen Tränen, weil alte Freunde aus der Partyzeit sich in einer Talkshow vor einem Millionenpublikum produzieren. OMann oMann, sie kehren das Innerste heraus, ihre Geilheit, ihre Drogenkinder, ihre Allergie, ihren Aufopferungskomplex, ihre Angst vor Einbrechern und Aids und einem Börsencrash. Schau her, unsere Clique! Wir können von Glück reden, dass uns die Bande auf dem Weg nach oben ausgespieen hat.

Und schon sind wir live an einem Unfallort. Da schwimmen Trümmer, Kleiderfetzen und Koffer im Wasser herum. Gut, dass wir nicht fliegen! Auf dem nächsten Sender, ein in Scheiben geschnittener und in seine Daten zerlegter Verbrecher. Und schon lenken wir die Aufmerksamkeit auf einen Ankläger und betrachten die abertausendste Wiederholung von einem Kuss. MeinlieberSchwan! Das Mittelalter mit seinen Hexenjagden war laues Wasser. Wir schalten zur Löwin, die an die Gurgel des Gnus springt. Sein Schreien verschlägt mir den Atem. Ich ziehe das Tischtuch über den Kopf. Und mein Mann schlägt mir den Zipfel aus den Fingern. Mach die Augen auf! Seelchen. Fressen und Gefressenwerden, das sind Fakten! Das Recht des Stärkeren.

Ich schaue also hin. Habe das ganze scharfe farbige Bild im Blick, im Abendlicht wühlt der Löwe im Gnubauch und fetzt das Gedärm heraus. Alles kupferrot übergoldet. Großartige Aufnahmen. Und das Knacken der Knochen im Dolby-Sound, hörst du das! Säuberlich bleicht das Gerippe jetzt an der prallen Sonne. Hätten die Römer unseren Breitwand-Bang & Olufsen gekannt, wären sie nicht in ihren Arenen herumgesessen, sondern hätten zu Hause halbliegend-halbsitzend und an Nachtigallenzungen lutschend dem Gemetzel zugeschaut.

Danach geht's zu Bett. Mein Mann fällt sofort in Schlaf. Man kann das aufgedrehte Heavymetal-Gedrumme eines letzten verlorenen, durch die Gassen rollenden Autos hören. Ameisen kribbeln in meinem Kniegelenk. Jede Nacht bringt es mich zur Weißglut. Und ich stehe wieder auf und gehe ins Wohnzimmer.

In den Leerstunden schaltet unser Sender auf die Überwachungskamera der Raumsonde, die da draußen im All einen Meteoritenschwarm durchquert. Jeden Augenblick könnte ein Gesteinsbrocken den Schutzschild durchschlagen. Aus und Sense. Und nicht einmal Zeit für ein Stoßgebet oder einen Fluch. Von uns bleibt nichts übrig. Keine Spur. Aber die Filzlaus wird ihr Junges wiegen. Es wird sich immer ein Haarschaft finden. Das Auftauchen und Verschwinden des Menschen im Erdzeitalter ist ohne Gewicht.

Aber einstweilen darf den Astronauten bei ihrer Arbeit im schwerelosen Raum zugeschaut werden. Wie die sich in ihrem Raumanzug von den Wänden abstoßen, durch die Schwerelosigkeit purzeln, aufgedunsen wie Maden. Ich wette, sie sind in Begleitung der Hausschabe. Sie dringt gern in warme Computer und technische Geräte ein. Wenn sie dort verschmort, kann der Krümel einen Kohlebogen zum Stromleiter bilden und Kurzschluss verursachen. Und vorbei ist es mit Witze reißen und Kusshände zum schönen blauen Erdplaneten schicken.

Ich stelle mich einen Augenblick auf den Balkon und schaue zum Himmel. Dann lege ich ein Video ein. Unser spielender Hund. Das Jungengesicht von meinem Mann erscheint, bei Gott ja, dieses vergessene Glücksgesicht. Mir aus den Rippen geschnitten. Das tausendjährige Reich der Seligen mit all seiner Pracht. Mit allen Illusionen, die ich verloren habe. Besser einfach nur ins Dunkel starren. Und ein bisschen weinen.

Ich sollte die Nacht nicht vor dem Fernseher verbringen. Und den Tag nicht vor dem Bildnis eines Ungeziefers. Oder durch die Wohnung tigernd wie ein Tier. Ich sollte im Terminkalender der Versicherung den nächsten Tag ankreuzen. Und schlafen, um frisch zu sein für die zweite Hälfte des Lebens.

Morgen liegt die Stadt vielleicht unter Schnee. Ich wate hinaus, lasse mich rückwärts in den Tiefschnee fallen und liege einfach da, getragen vom Schneekissen. Das vor meiner Zeit schon Leute getragen hat, die Entschlüsse fassten, um aufzubrechen zu etwas Neuem und Ungewissem. Die Bewegung der Arme zeichnet mir Flügel. Und der Himmel, der ganze weite Himmel krümmt sich über mich.